Clássicos Juvenis TRÊS POR TR3S

TRÊS CAVALEIROS

REI ARTUR
Thomas Malory

IVANHOÉ
Walter Scott

O GUERREIRO DOS CABELOS DE FOGO
Lourenço Cazarré

Atual Editora

COORDENAÇÃO MARCIA KUPSTAS

ILUSTRAÇÕES THEO SZCZEPANSKI

1ª edição

Conforme a nova ortografia

Coleção Três por Três
Gerente editorial
Rogério Gastaldo
Editora-assistente
Andreia Pereira
Coordenação e produção editorial
Todotipo Editorial
Assistência editorial
Bárbara Prince
Revisão
Isadora Prospero e Raíssa Costa
Pesquisa iconográfica
Cristina Akisino (coord.)
Gerente de arte
Nair de Medeiros Barbosa
Assistente de produção
Grace Alves
Diagramação
Bóris Fatigati
Coordenação eletrônica
Silvia Regina E. Almeida

Colaboradores
Projeto gráfico
Aeroestúdio
Ilustrações
Theo Szczepanski
Coordenação
Marcia Kupstas
Suplemento de leitura e projeto de trabalho interdisciplinar
Silvia Oberg
Preparação de textos
Cláudia Cantarin
Impressão e acabamento
Forma Certa

Dados Internacionais de Catalogação na Publicação (CIP)
(Câmara Brasileira do Livro, SP, Brasil)

Três cavaleiros / ilustrações Theo Szczepanski. – 1. ed. – São Paulo : Atual, 2012. – (Coleção Três por Três : clássicos juvenis / coordenação Marcia Kupstas)

Conteúdo: Rei Artur / Thomas Malory – Ivanhoé / Walter Scott – O guerreiro dos cabelos de fogo / Lourenço Cazarré.

ISBN 978-85-357-1517-0

1. Cazarré, Lourenço. 2. Literatura infantojuvenil. 3. Malory, Thomas, 1405-1471. 4. Scott, Walter, 1771-1832. I. Szczepanski, Theo. II. Série.

12-05359 CDD-028.5

Índices para catálogo sistemático:
1. Literatura infantojuvenil 028.5
2. Literatura juvenil 028.5

10ª tiragem, 2021

SARAIVA Educação S.A.
Avenida das Nações Unidas, 7221 – Pinheiros
CEP 05425-902 – São Paulo – SP – Tel.: (0xx11) 4003-3061
www.editorasaraiva.com.br
atendimento@aticascipione.com.br

CL: 810611
CAE: 576148

SUMÁRIO

Prefácio

REI ARTUR 11

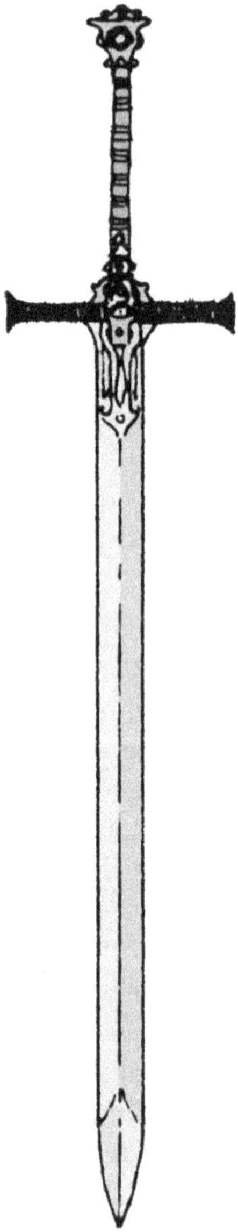

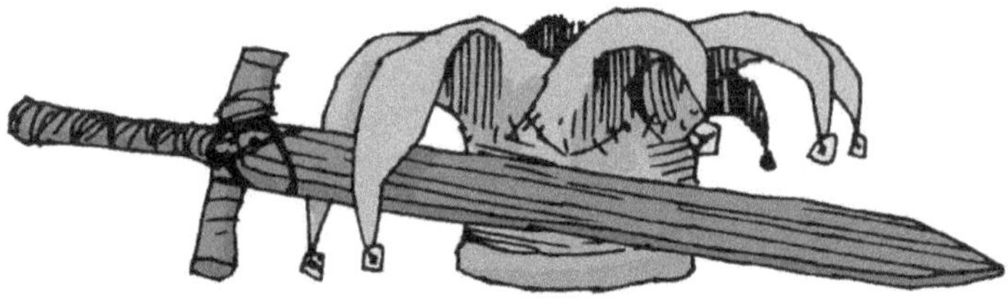

TRÊS CAVALEIROS HEROICOS

Três autores, três épocas, três lugares... e um tema central, reunindo três diferentes narrativas. Quantas semelhanças pode haver entre essas histórias, quantas são suas particularidades...

A primeira definição de qualquer dicionário para a palavra *cavaleiro* é "homem que anda a cavalo". Além dessa obviedade, porém, a imagem do cavaleiro reúne um imenso potencial de fantasia. Sejam os cavaleiros andantes da Idade Média, com suas armaduras reluzentes, sejam os gaúchos do sul da América, eles estão no imaginário humano há mais de um milênio, em narrativas repletas de glória, heroísmo e abnegação.

No volume *Três Cavaleiros* da coleção **Três por Três**, o escritor brasileiro Lourenço Cazarré narra a trajetória de três figuras heroicas, de realidade discutível ou claramente imaginadas. Seu rei Artur é construído a partir da adaptação de vários textos medievais; Ivanhoé, protagonista do romance homônimo do século XIX, de *sir* Walter Scott, vive peripécias fantásticas até merecer o amor da querida Rowena; Guilherme, o Guerreiro dos Cabelos de Fogo, é um amálgama de viajantes reais que conheceram os primórdios do Rio Grande do Sul resultante da elaboração ficcional do autor.

Todos são fascinantes. E fascinaram inclusive o próprio Cazarré. Ele afirma ter aceitado o convite da editora sem imaginar que se metia numa aventura: "O trabalho que inicialmente pareceu tranquilo acabou se transformando em uma epopeia. Estranhamente, a história que me tomou mais tempo era a mais conhecida. Como todo mundo, eu sabia alguma coisa dos contos do ciclo arturiano. Mesmo assim, fiquei surpreso com o grande número de versões e adaptações das proezas do rei Artur e dos cavaleiros da Távola Redonda".

Lourenço Cazarré não é o primeiro nem será o último a se surpreender com os feitos desse lendário monarca britânico. A começar pela questão: houve um rei Artur de carne e osso?

Os historiadores se dividem. Há quem acredite que, se existiu um inspirador da lenda, ele talvez nem tivesse sido rei. Um nome possível é o do oficial romano Ambrosius Aurelianus, que, em fins do século V, esmagou os saxões na batalha de Mons Badicus; seus feitos bélicos teriam inspirado a saga arturiana. Outros recorrem ao mito, puro e simples: defendem que a tradição oral e popular misturou inúmeras histórias correntes (como a espada cravada na pedra ou a magia do druida Merlin) na personificação da corte de um glorioso monarca. Com o correr dos séculos, outros cavaleiros honrados, como Lancelote e Galahad, incorporam-se à famosa Távola Redonda e suas aventuras consolidam o ciclo arturiano.

Já mais fácil de precisar é a trajetória de Ivanhoé como personagem ficcional da autoria de *sir* Walter Scott. O livro *Ivanhoé*, de 1820, marcou o início de uma das vertentes do romantismo: o romance histórico. A obra, muito popular na época, é inspiradora não só como tema, mas também por trazer um protagonista de alma tão heroica e virtuosa, modelo de comportamento moral para personagens românticas, afinal, Ivanhoé é um cristão devotado, que sai em busca de relíquias sagradas; jamais questiona sua fé, mas defende uma judia (a bela Rebeca), pois ela encarna a figura de "uma dama em perigo"; mesmo ferido, enfrenta o infame Bois-Guilbert numa peleja, para salvar a vida e a honra da filha do judeu Isaac de York.

Também heroico, mas baseado em pessoas reais, é o protagonista de *O Guerreiro dos Cabelos de Fogo*, Guilherme Kugelfest. Para criá-lo, Lourenço Cazarré faz menção a "dois livros fascinantes sobre o passado do Rio Grande do Sul. O primeiro é do engenheiro belga Pierre Booth Mabilde, que esteve prisioneiro dos índios coroados, e o segundo, *Viagens às missões jesuíticas e trabalho apostólico*, do jesuíta austríaco Antônio Sepp, que, em 1691, viveu numa missão e descreveu o cotidiano entre os padres e índios". Dessas fontes inspiradoras surgiu Guilherme, que durante três anos trabalha numa missão jesuíta, combate ao lado dos guaranis os terríveis cauababás, é preso por eles, mas aprisiona mesmo o coração de Ajataí, filha de Braoré, o cacique dos tcharros. Para conseguir seu amor, o ruivo Guilherme aceita todos os desafios da tribo, superando-os com bravura e inteligência, até concretizar seu destino de virar lenda formadora do território do Rio Grande do Sul.

Lendários ou inspirados em pessoas reais, excessivamente virtuosos ou agindo pela sobrevivência, solitários ou junto a colegas de armas igualmente heroicos, os protagonistas de *Três Cavaleiros* certamente pertencem ao imaginário consagrado de narrativas que merecem ser conhecidas por todos.

Afinal, a proposta inovadora da coleção **Três por Três** consiste na adaptação modernizada de textos antigos, de autores significativos da literatura universal, que dialogam com uma história de escritor brasileiro, também autor das adaptações. E tem como desafio maior seduzir o jovem leitor para que conheça o que já foi feito em outras épocas, sobre temas que, mesmo em nossos dias, continuam relevantes e desafiadores.

Boa leitura!

Marcia Kupstas

REI ARTUR

Thomas Malory

Adaptação de Lourenço Cazarré

THOMAS MALORY.

Inglês, nasceu em Warwickshire provavelmente em 1415 e faleceu em Londres em 1471. Sua família era nobre e proeminente na região havia séculos, o que não impediu Malory de levar vida aventurosa, cujos feitos discutíveis o conduziram à prisão inúmeras vezes.

Pouco se conhece de sua infância ou vida familiar; sabe-se que foi armado cavaleiro em 1442 e serviu como escudeiro do conde de Warwick. Em 1445 estava em Londres como membro do Parlamento inglês. Em 1450, junto com 26 cavaleiros, participou de uma emboscada contra o duque de Buckingham. Foi acusado de extorquir nobres e de violar duas mulheres. Preso, escapou depois de várias peripécias; consta que atravessou o fosso do castelo a nado e se envolveu em mais confusão.

Em meados da década de 1460, Thomas Malory foi finalmente encarcerado na Torre de Londres, onde, por oito anos, aguardou julgamento. Nesse período de cativeiro dedicou-se a uma longa e detalhada obra sobre a vida do rei Artur. Provavelmente Malory conhecia alguns textos anteriores sobre o legendário rei, como A história dos reis britânicos *(1138), de Geoffrey de Monmouth, em que o autor sugeria dons paranormais para Merlin e descrevia a espada na pedra; ou o trabalho do autor francês Chrétien de Troyes, que, também no século XII, acrescentou a Távola Redonda ao mito arturiano. O mérito de Malory foi sintetizar as várias versões em uma vibrante narrativa dramática, com linguagem bela e ritmada.*

Seu livro, intitulado Le morte d'Arthur *e publicado postumamente em 1485, concluiu o ciclo medieval das lendas arturianas e se tornou fonte posterior para as "redescobertas" do mito, que acontecem de tempos em tempos.*

Um paradoxo que merece ser ressaltado é o fato de que Thomas Malory, um homem cujos escassos fatos biográficos apontam para um discutível comportamento moral, sobressaia na História por ser autor de um livro sobre uma personagem tão repleta de virtudes como o rei Artur. Talvez o ideal de cavalaria seduza mesmo aqueles que não conseguem viver sob esse ideal, afinal, o mito arturiano prossegue encantando as multidões, quer entre os medievalistas românticos do século XIX, quer entre o público geral dos séculos XX e XXI: nos anos 1970/1980, por exemplo, a série As brumas de Avalon, *em quatro volumes, da norte-americana Marion Zimmer Bradley, fez incrível sucesso como uma leitura "feminina" do ciclo arturiano; em 2004, uma versão de Hollywood (*Rei Artur, *direção de Antoine Fuqua) trouxe mais ação à trama, e outras versões continuam aparecendo. No entanto, elas certamente não encerram a questão sobre nosso fascínio a respeito do rei imortal e seus honrados cavaleiros da Távola Redonda.*

1
MERLIN E O REI UTHER PENDRAGON

ERA UMA VEZ, há muitos e muitos anos, um mago chamado Merlin. Sábio, ele conhecia os mistérios da natureza e os segredos dos homens. Recordava-se perfeitamente de todos os acontecimentos do passado e podia antever tudo o que aconteceria no futuro.

Uma vez o rei da Inglaterra, Uther Pendragon, mandou chamá-lo para aconselhar-se com ele. O emissário do rei cavalgava pela floresta quando um mendigo se aproximou dele e perguntou:

– A quem procuras?

– Não mete o bedelho onde não és chamado!

– Procuras Merlin a pedido do rei Uther – retrucou o mendigo. – Procuras Merlin, que sou justamente eu. Sei que o rei está disposto a me dar uma recompensa, caso eu o ajude a conseguir algo que ele deseja muito. Portanto, faz meia-volta, vai até o rei e diz que eu, Merlin, logo chegarei ao castelo dele.

Impressionado com aquelas palavras, o emissário retornou e contou ao rei o acontecido. Pouco depois, Merlin apresentou-se diante de Uther Pendragon:

– Sei exatamente o que deseja de mim, majestade. Quer ajuda para conquistar Igraine, a bela esposa do duque de Tintagil. Eu o ajudarei a cumprir esse sonho. Porém, em compensação, Vossa Majestade terá de atender a um pedido que eu lhe farei depois.

– Eu lhe dou minha palavra. Atenderei seu pedido, seja ele qual for.

– Acordo fechado – disse o mago. – Esta noite mesmo, iremos ao castelo onde vive Igraine. Chegaremos lá transformados por artes de magia. Vossa Majestade terá o rosto e o corpo do próprio Tintagil e eu estarei com a face feiosa de *sir* Jordans, um dos cavaleiros do duque. Passaremos pelos guardas sem dizer palavra e Vossa Majestade irá diretamente aos aposentos da duquesa, que de nada desconfiará. Enquanto isso, o duque de Tintagil morrerá durante uma batalha.

Tudo ocorreu exatamente como descrito por Merlin.

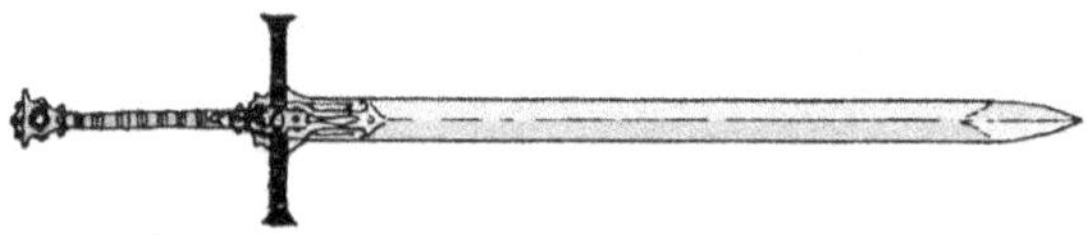

2
UMA ÓTIMA EDUCAÇÃO

PASSADO ALGUM TEMPO, o rei propôs casamento à viúva Igraine, que aceitou. Durante a cerimônia, Merlin disse ao rei:

– Lembra-se de que prometeu atender a um pedido meu?

– Certamente.

– Quero que me entregue o filho que terá com sua esposa. Mas não se preocupe, majestade, com a educação dele. Eu o prepararei para que seja o melhor rei que a Inglaterra já teve.

– Faça o que considerar correto, Merlin. Mas uma coisa eu lhe peço: proteja a vida do meu filho.

– Ele crescerá com saúde. Na noite de seu nascimento, eu virei buscá-lo. Em seguida o entregarei a um cavaleiro de grande valor, que cuidará bem dele e que lhe dará ótima educação. Na noite em que nascer seu herdeiro, também a esposa desse cavaleiro terá um filho. Assim, ela poderá amamentar os dois bebês. Daremos o nome de Artur ao seu filho e ele, no futuro, será um rei magnífico.

3
A ESPADA CRAVADA NA PEDRA

ANOS DEPOIS, muito doente, sentindo que ia morrer, o rei Uther Pendragon convocou todos os nobres do reino:

– Brava gente da Inglaterra! Eu aqui vos reuni para anunciar o nome daquele que herdará o meu reino. Ele se chama Artur e é filho do meu sangue.

Não se sabe onde ele se encontra no momento, mas na ocasião apropriada aparecerá para ocupar o trono. Certamente vós sabereis reconhecê-lo.

Bastou, porém, que o rei morresse para que os príncipes, duques e barões começassem a lutar entre si. Como o herdeiro ainda não aparecera, todos queriam o poder. Assim, durante muitos anos, uns atacavam os outros e milhares de guerreiros morreram em batalhas sangrentas.

Certo dia, Merlin disse ao arcebispo da Inglaterra:

– Reúna todos os nobres em Londres. Peça-lhes que venham na época do Natal porque presenciarão algo espantoso e então ficarão sabendo quem será o nosso rei.

No prazo marcado, apresentaram-se em Londres os maiorais do reino. No dia 25 de dezembro, todos foram assistir à missa na maior igreja da cidade. Quando saíram, algo surpreendente os aguardava. Diante do templo, havia uma colossal pedra quadrada, e no alto dela estava encravada uma bigorna de aço. Aproximando-se, verificaram que havia uma espada enterrada na bigorna. Pelo cabo, recoberto de pedrarias, era possível ver que se tratava de uma arma excepcional. Para espanto ainda maior, descobriram na pedra uma inscrição em letras de ouro:

Aquele que sacar a espada desta pedra será o legítimo rei da Inglaterra.

Todos ficaram empolgados. Cada um deles tinha certeza absoluta de que seria o sortudo, o vencedor, o dono da espada. Começaram as tentativas e, um por um, todos fracassaram. Muitos insistiam e tentavam uma vez e mais uma, mas nenhum ali parecia ter a força mágica necessária para sacar a arma da bigorna.

– Vejo que ainda não se encontra aqui aquele que arrancará a espada da pedra – comentou o arcebispo. – Mas creio que logo ele aparecerá. Dez cavaleiros ficarão de guarda. Faremos uma nova tentativa no Ano-Novo.

A notícia sobre a espada encravada na bigorna correu o país. E de todos os cantos da Inglaterra partiam para Londres incontáveis candidatos a rei. No dia de Ano-Novo haveria um grande torneio em que cavaleiros armados se enfrentariam em justas.

Justa era um combate em que dois cavaleiros, envergando armaduras, com a cabeça protegida por um elmo, e empunhando lanças, se enfrentavam. Os choques eram tremendos. Alguns, atingidos pela lança do adversário, voavam para longe de seus animais e aterrissavam na terra dura, levantando nuvens de poeira. O cavaleiro que permanecia montado era considerado o vencedor.

Ficou decidido que aos vencedores dos combates seria concedido o direito de tentar sacar a espada daquela incrível bainha de aço e pedra. Entre os cavaleiros que viajavam para participar do torneio encontrava-se o bondoso *sir* Heitor, o homem que havia criado Artur. Cavalgava em companhia de Kay, seu filho, e do jovem Artur.

De repente, Kay levou a mão à cabeça e exclamou:

– Oh, céus, esqueci minha espada!

E, voltando-se para Artur, pediu:

– Querido irmão, retorna correndo à pousada e apanha minha espada. Sem ela, eu não poderei participar das justas.

– Pois não! – disse Artur e, tomando as rédeas do cavalo, galopou em direção à pousada onde haviam passado a noite. Ao chegar lá, encontrou-a fechada porque sua proprietária e os empregados haviam viajado para Londres a fim de assistir aos combates.

Preocupado, Artur partiu a toda.

"Vou pegar aquela espada que está cravada na pedra", pensou ele. "O que não pode acontecer é meu irmão ficar desarmado justamente hoje."

Chegando ao adro da igreja, Artur não viu ninguém por perto. Os cavaleiros que guardavam o local estavam participando das lutas. Então pegou a espada pelo punho e facilmente a retirou da bigorna. Pôs-se à procura de Kay. Assim que o avistou, encaminhou-se para ele sorrindo e entregou-lhe a espada.

Ao reconhecer a arma, Kay se voltou para *sir* Heitor:

– Papai, aqui está a espada que se achava cravada na pedra. Serei eu o futuro rei da Inglaterra?

– Como a conseguiste? – indagou o cavaleiro, alarmado.

– Foi Artur quem a trouxe para mim.

Sir Heitor voltou-se para Artur:

– De onde tiraste a espada?

– Da bigorna cravada na pedra – disse o rapaz, em voz baixa.

– Venham comigo! – ordenou o cavaleiro.

No pátio da igreja, *sir* Heitor mandou que Artur colocasse a arma novamente na sua bainha de aço, o que ele fez com presteza.

Em seguida, o cavaleiro tentou retirá-la, mas não conseguiu. Pediu a seu filho que fizesse uma tentativa, mas também Kay fracassou. Por fim, dirigiu-se a Artur:

– Agora é a tua vez.

Sem nenhum esforço, o jovem retirou da bigorna a arma preciosa.

Comovido, *sir* Heitor caiu ajoelhado diante de Artur, que perguntou:

– O que está acontecendo, meu pai?

– Não sou teu pai – disse o cavaleiro. – És o rei da Inglaterra.

Sir Heitor foi até o arcebispo e contou que a espada já tinha um dono.

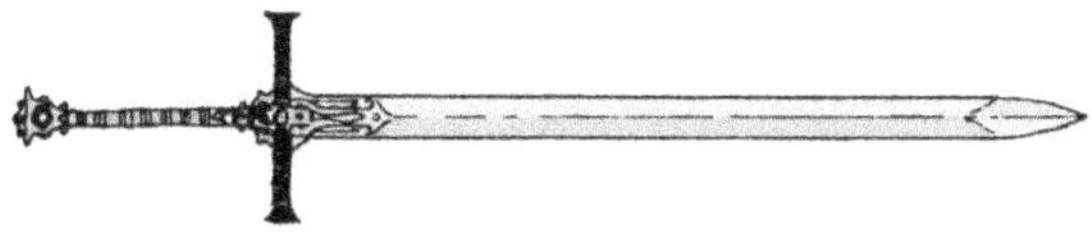

4 ARTUR É COROADO REI

NO DIA DE REIS, 6 de janeiro, todos os nobres do reino mais uma vez tentaram, sem sucesso, arrancar a espada da pedra. Quando Artur a puxou sem fazer força alguma, muitos dos homens mais poderosos do país protestaram.

– Como um rapazola que não tem sangue real pode governar esta nação? – perguntou um.

– Isso só pode ser feitiçaria – reclamou outro.

Em função desse descontentamento, a decisão de indicar um novo rei foi transferida para o Dia da Purificação, 2 de fevereiro.

E de novo transferida para as celebrações da Páscoa.

E mais uma vez adiada para Pentecostes, quando Merlin sugeriu ao arcebispo que reunisse os mais fiéis seguidores do rei Uther Pendragon.

Novamente, na festa de Pentecostes – celebrada cinquenta dias após a Páscoa em comemoração à descida do Espírito Santo sobre os apóstolos –, Artur repetiu várias vezes a operação de sacar a espada. Sempre com sucesso.

De repente, a multidão irrompeu em gritaria:

– Viva Artur! Artur é nosso rei. Lutaremos contra quem se opuser a ele!

Então, diante daqueles brados do povo, os poderosos do reino aceitaram que aquele jovem de origem desconhecida fosse designado rei da Inglaterra. Ajoelharam-se e pediram perdão a Artur por terem retardado por tanto tempo sua subida ao trono. Depois de perdoá-los, naquele mesmo dia, Artur foi armado cavaleiro e coroado rei.

5 O CAVALEIRO DA FONTE

POUCOS ANOS DEPOIS, o rei Artur viu-se envolvido em uma extraordinária aventura.

Um misterioso cavaleiro que havia armado sua tenda na estrada real, nas proximidades do castelo de Artur, desafiava aqueles que por ali passavam para um combate. Como erguera sua tenda perto de uma nascente de água, tornou-se conhecido como o "Cavaleiro da Fonte".

Certo dia um jovem cujo nome era Griflet se dirigiu ao rei:

– Majestade, faça de mim um cavaleiro para que eu possa lutar contra o Cavaleiro da Fonte.

– És ainda muito jovem – ponderou o rei. – Não estás treinado para enfrentar um combate como esse.

– Eu lhe suplico: arme-me cavaleiro!

Ouvindo aquela frase, o mago Merlin voltou-se para Artur e disse:

– Senhor, este jovem está destinado a ser um grande homem no futuro, mas correrá perigo caso enfrente o Cavaleiro da Fonte, que é um guerreiro dos mais temíveis.

– Eu te farei cavaleiro – disse Artur ao rapaz. – Mas tu me prometerás que, vencendo ou perdendo o combate, voltarás até aqui imediatamente.

– Prometo, Majestade.

Griflet foi então armado cavaleiro. No dia seguinte, enveredando pela estrada real, dirigiu-se à fonte. Lá, viu um escudo pendurado numa árvore e bateu nele com a ponta de sua lança.

Um homem saiu da tenda e perguntou:

– Por que derrubaste meu escudo, jovem?

– Porque desejo justar contigo.

– Melhor para tua saúde seria ires embora. És jovem demais, deves ter sido armado cavaleiro há pouco e eu sou um homem experiente em combates.

– Não me importa. Insisto em lutar contra ti.

– De onde vens?

– Sou um cavaleiro da corte do rei Artur.

Depois que o Cavaleiro da Fonte montou e empunhou sua lança, o jovem esporeou seu cavalo e avançou, de lança em riste, contra ele.

No primeiro choque, a lança de Griflet voou em pedaços, ao mesmo tempo que a arma do adversário lhe atravessava o escudo e o feria gravemente no lado esquerdo do peito.

Ao ver o rapaz caído, o Cavaleiro da Fonte lamentou-se:

– Que pena! Matei um valente.

Mas, ao desmontar, notou que o rapaz ainda respirava:

– Como és corajoso e forte, certamente te recuperarás logo.

O Cavaleiro da Fonte então colocou o jovem ferido sobre o cavalo e deu uma palmada na anca do animal, que imediatamente retornou ao castelo do rei.

6
A LUTA ENTRE ARTUR E PELLINORE

QUANDO SOUBE que Griflet havia sido ferido, Artur resolveu enfrentar ele mesmo o Cavaleiro da Fonte.

Na manhã seguinte, antes de surgir o sol, sem que ninguém da corte percebesse, deixou o castelo e seguiu pela estrada real. Pouco adiante viu três mascarados que corriam atrás de Merlin. Imaginando que pretendiam matar o mago, partiu de espada em punho na direção deles, gritando:

– Fujam, bandidos!

Assim que se deram conta de que um cavaleiro vinha contra eles, os mascarados enfiaram-se na floresta e sumiram.

Orgulhoso de sua façanha, o rei disse a Merlin:

– Embora seja um mago poderoso, precisou da minha ajuda. Se não fosse por mim, eles o teriam matado.

Merlin sorriu ironicamente:

– Se quisesse, eu teria me livrado deles com um encantamento. O mesmo, porém, não se pode dizer de Vossa Majestade, que está bem mais perto da morte do que eu...

Intrigado com aquelas palavras, Artur ficou em silêncio.

Pouco depois, o rei e o mago chegaram à fonte. Diante da tenda, viram um homem, armado, sentado em uma cadeira. Artur dirigiu-se a ele:

– Cavaleiro da Fonte, por que não permites que alguém passe por aqui sem que tenha de duelar contigo?

– É uma mania que eu tenho. Quem quiser me fazer desistir dessa mania, que se apresente!

– Vou te fazer abandonar esse mau costume! – disse o rei.

– Pois tenta! – respondeu o cavaleiro, visivelmente irritado.

Pondo-se de pé, foi até seu cavalo e montou. Ajeitou o escudo no braço esquerdo, ergueu a lança e partiu em direção ao rei. O choque foi tão forte que as lanças dos dois lutadores se partiram.

Artur logo sacou sua espada, mas o adversário lhe disse:

– Calma, é melhor que lutemos com lanças. Eu vou emprestar-te uma das muitas que tenho.

O rei aceitou a oferta do Cavaleiro da Fonte. No segundo combate, mais uma vez, as duas lanças quebraram-se simultaneamente. Artur de novo empunhou sua espada, mas o Cavaleiro da Fonte argumentou:

– Como tu és o melhor justador que já enfrentei, peço-te que continues a combater com lança, que é a arma preferida dos mais valentes cavaleiros.

No terceiro embate, a lança de Artur se fez em pedaços ao bater contra o escudo do adversário. Ao mesmo tempo, o Cavaleiro da Fonte conseguia acertar uma pancada tão forte no escudo do rei, que este caiu ao chão.

– Já que perdi meu cavalo, vou te enfrentar em pé! – gritou Artur, sacando a espada.

Julgando que seria uma atitude indigna combater montado contra um adversário a pé, o Cavaleiro da Fonte desceu do seu cavalo e deu início a uma briga furiosa.

Como os dois eram grandes espadachins, nenhum levava vantagem. Ora Artur acertava uma boa estocada, ora o adversário lhe dava um golpe certeiro. Logo os dois estavam muito feridos e sangrando intensamente. Mesmo assim, continuaram lutando por muito tempo.

De repente, um golpe brutal do Cavaleiro da Fonte fez com que a arma de Artur voasse pelos ares, já em pedaços. Colocando a ponta de sua espada sobre o coração do rei, o vencedor exigiu:

– Confessa que és um covarde. Se não o fizeres, eu te matarei.

– Jamais confessarei tal coisa – disse Artur e, aproveitando um instante de descuido do oponente, deu-lhe uma rasteira, saltou sobre ele e arrancou-lhe o elmo.

Passaram a lutar com as mãos. Mais forte, o Cavaleiro da Fonte derrubou Artur e começou a esgoelá-lo, mas Merlin o segurou pelo ombro:

– Basta de luta! Se matares esse homem, causarás grande dano à tua nação. Ele é muito mais nobre do que podes imaginar!

– Quem é ele?

– Ele é Artur, rei da Inglaterra – respondeu Merlin.

Ao escutar isso, o Cavaleiro da Fonte sacou sua espada disposto a degolar Artur, porque temia a vingança do rei, mas o mago fez um encantamento que o derrubou ao chão, mergulhado em sono profundo.

– Por que matou este bravo cavaleiro? – perguntou Artur.

– Não se preocupe. Ele está mais vivo do que Vossa Majestade. Apenas dorme. Ele se chama Pellinore. Terá dois filhos e um deles será um bravo cavaleiro.

7
A BAINHA VALIOSA

SAINDO DALI, Artur e Merlin foram até a moradia de um ermitão, profundo conhecedor de ervas medicinais, que em apenas três dias curou as feridas do rei.

De novo na estrada, o rei disse de repente:

– Estou sem espada!

– Não faz mal. Aqui perto há uma que será tua.

Pouco mais tarde, quando chegaram à beira de um lago, Merlin apontou para o meio das águas. Artur olhou naquela direção e viu um braço envolvido por um tecido branco segurando uma espada.

– Lá está a espada da qual falei – disse o mago.

Nesse momento, percebendo a aproximação de uma bela jovem que deslizava sobre a água, o rei perguntou:

– Quem é ela?

– É a Dama do Lago – respondeu Merlin. – Ela mora numa belíssima caverna no fundo destas águas.

Depois de saudar a misteriosa jovem, Artur perguntou a ela:

– Que espada é aquela que vejo no meio do lago?

– Ela me pertence mas poderá ser sua – disse a Dama do Lago, e apontou para um barquinho que estava à beira das águas. – Pegue aquele barco e vá apanhar a espada com a bainha.

– Em recompensa, eu te darei o que quiseres.

– Apenas faça o que eu disse – retrucou a Dama do Lago.

Artur e Merlin amarraram seus cavalos em uma árvore, entraram no barco e remaram até o meio do lago. Quando o rei segurou a espada pela empunhadura, a mão e o braço que a sustentavam desapareceram.

De volta à terra, os dois retomaram a estrada.

– Gosta mais da espada ou da bainha em que ela está enfiada? – perguntou Merlin.

– Da espada, claro!

– Sua resposta não é sábia – retrucou o mago. – A bainha é dez vezes mais valiosa do que a espada. Enquanto a tiver na cintura não será ferido com gravidade nem perderá uma só gota de sangue.

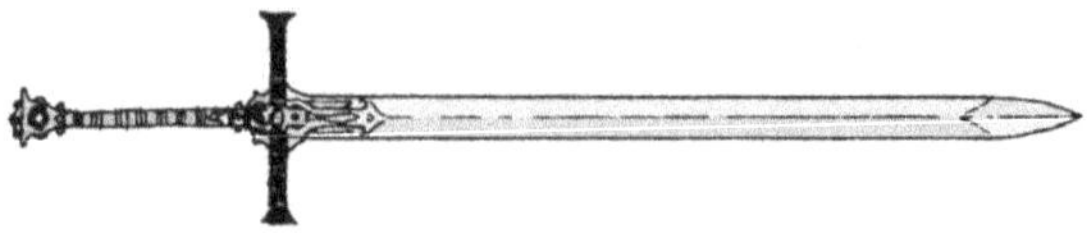

8
A MENINA E A VERDADE

CERTA VEZ estava Artur sentado em uma pedra, perdido em pensamentos, quando dele se aproximou uma menininha:

– Sei quem és e também sei quem foram os teus pais. Teu nome é Artur e tu és filho do rei Uther Pendragon e da rainha Igraine.

– Vai-te daqui, criança mentirosa! – reagiu Artur. – Como poderias tu, tão pequena, saber da minha vida?

Triste com aquela resposta áspera, a pequena partiu.

Pouco depois se apresentou a Artur um velho:

– Deverias ter ouvido a menina. Ela falou a verdade. E mais teria dito se não a tivesses mandado embora.

Sem responder ao velho, o rei montou a cavalo e galopou velozmente em direção à corte. Chegando lá, mandou chamar a rainha Igraine e a interrogou sobre o passado. Ficou então sabendo da intrincada história do seu nascimento.

9
O CASAMENTO DO REI

ANOS DEPOIS de Artur ter assumido o reinado, os nobres começaram a insistir com ele para que se casasse. Como fazia sempre que tinha algo importante a resolver, o rei foi procurar Merlin.

– Mago, os duques e os barões exigem que me case. Por isso, vim aconselhar-me com você.

– Há alguma dama a quem ame acima de todas as outras?

– Sim. Amo Guinevere, filha do rei Leodegrance. É a mais linda jovem que conheço.

– Ela é belíssima, sem dúvida – disse o mago. – Mas se você não a amasse tanto, eu lhe encontraria outra noiva...

– Não quero outra! Quero Guinevere!

– Está bem, mas...

Sem falar abertamente, Merlin insistiu com o rei para que desistisse de sua escolha. Insinuou que Guinevere seria amada por outro cavaleiro e que ela corresponderia a esse amor. Mas Artur não lhe deu atenção.

– Nada se pode fazer contra o coração de um homem apaixonado – lamentou-se o mago.

No dia seguinte, Merlin viajou até o castelo do rei Leodegrance.

– Poderoso rei, – disse o mago. – Venho pedir, em nome do rei Artur, a mão de vossa filha Guinevere.

– Será uma grande honra casar minha querida Guinevere com um homem tão poderoso! – exultou Leodegrance. – Como presente de casamento, eu darei aos noivos a Távola Redonda, uma magnífica mesa circular em torno da qual podem sentar-se 150 cavaleiros.

Quando Guinevere partiu em direção à corte, seguiram com ela cem cavaleiros enviados por seu pai para servir ao rei Artur. Feliz com o presente, o rei encarregou Merlin de encontrar entre os mais corajosos do reino os cinquenta homens que faltavam para completar a Távola Redonda.

Na primeira ocasião em que se reuniram os cavaleiros ocorreu um milagre. Depois que o arcebispo benzeu as cadeiras, Merlin pediu aos cavaleiros que fossem homenagear o rei. Quando eles deixaram a sala, o mago descobriu que o nome de cada um daqueles homens fora gravado em ouro no recosto da cadeira por eles ocupada pouco antes.

Dias depois, Merlin advertiu Artur:

– Uma cadeira deve permanecer vazia.

– Por quê?

– Porque ela é a Cadeira Perigosa. Apenas um homem poderá sentar-se nela. Ele será o maior de todos os cavaleiros já nascidos nesta terra.

10
SIR ONTZLAKE E *SIR* DAMAS

CERTO DIA, durante uma caçada, o rei Artur e dois de seus principais cavaleiros – Accolon da Gália e Uriens –, empolgados na perseguição de um grande cervo, afastaram-se dos companheiros. Ao fim de vinte quilômetros de corrida, seus cavalos caíram esgotados.

– O que faremos agora? – perguntou Artur.

– Vamos prosseguir a pé até acharmos uma pousada – respondeu Uriens.

Estavam eles à beira de uma grande extensão de água. Ao erguer os olhos, o rei viu um pequeno barco a vela que navegava velozmente na direção deles. Detendo-se o barco na margem, disse Artur:

– Vamos embarcar!

Mal os três subiram a bordo, acenderam-se dezenas de tochas no barco. Surgiram então doze lindas jovens que se ajoelharam diante de Artur e disseram aos cavaleiros que eles eram muito bem-vindos. Em seguida, os três foram levados a um salão esplêndido, no qual jantaram magnificamente.

Terminada a ceia, cada um deles foi conduzido a um quarto luxuosamente decorado. Cansados, logo mergulharam em sono profundo.

No dia seguinte, ao despertar, Uriens descobriu que, misteriosamente, havia regressado à cidade de Camelot e se encontrava deitado na cama ao lado de sua esposa e irmã do rei, a fada Morgana. Ficou tremendamente espantado porque Camelot ficava a dois dias de cavalgada do local onde havia dormido.

Já o rei Artur acordou numa masmorra escura e úmida, onde estavam presos muitos outros homens:

– Quem são vocês e o que fazem aqui?

– Somos cavaleiros e aqui estamos prisioneiros do infame *sir* Damas – respondeu um dos homens. – Ele roubou a herança de seu irmão mais moço, *sir* Ontzlake, que o desafiou para um combate. Como é muito covarde, *sir* Damas procura desesperadamente um cavaleiro que lute no lugar dele. Por isso estamos aqui. Ele nos prendeu achando que um de nós aceitaria representá-lo no combate contra seu irmão, mas enganou-se. Nós preferimos morrer de fome a lutar por um homem tão desprezível.

Nesse instante, uma donzela aproximou-se da cela e disse a Artur:

– Cavaleiro, se lutares pelo meu senhor, serás libertado dessa prisão. Caso contrário, jamais sairás daqui.

Depois de refletir por um tempo, o rei respondeu:

– Prefiro combater a morrer na prisão. Mas, para lutar, exijo que todos que se acham aqui sejam libertados.

– De acordo – respondeu a jovem.

Todos os cavaleiros deixaram a prisão, porém permaneceram no castelo para assistir à luta do homem que os libertara.

11
ACCOLON SUBSTITUI ONTZLAKE

AO DESPERTAR, o terceiro participante da caça, Acollon, viu-se deitado perigosamente na borda de um poço.

– Maldito barco enfeitiçado! – gritou ele. – Onde estarão o rei Artur e Uriens? As moças que nos serviram certamente eram feiticeiras.

Naquele momento, surgiu diante dele um anão, que lhe disse:

– Estou aqui por ordem da fada Morgana. Ela manda dizer que, amanhã, o senhor terá de travar combate com um guerreiro de grande valor e coragem.

Em seguida, o homenzinho retirou de um saco uma espada, que entregou ao cavaleiro:

– Aqui estão Excalibur, a espada do rei Artur, e sua milagrosa bainha. A fada Morgana pede ao senhor que lute sem dó nem piedade.

– Se for necessário, morrerei combatendo. Mas ela fez algum encantamento para me favorecer nesse combate?

– Fez, sim senhor.

Pouco depois, surgiu diante de Accolon um cavaleiro que viajava em companhia de uma dama e seis escudeiros:

– Sou *sir* Ontzlake – apresentou-se o recém-chegado. – Eu gostaria muito que o senhor visitasse meu castelo.

– Eu o acompanharei com grande prazer – respondeu Accolon.

Conversando animadamente, eles cavalgaram até uma belíssima construção. Quando se aproximavam do portão, um homem montado em uma mula dirigiu-se a *sir* Ontzlake:

– Sou um emissário de *sir* Damas. Ele desafia o senhor para um combate amanhã, ao nascer do dia.

– Diga a ele que estarei lá.

Depois que o homem se afastou, Accolon voltou-se para *sir* Ontzlake:

– O senhor acabou de me dizer que foi ferido em um embate recente! Não lute amanhã!

– Mas agora eu já empenhei minha palavra!

– Então permita que eu o represente no combate. Estou com a espada Excalibur e sua bainha, que me foram enviadas pela fada Morgana. Com elas, não serei vencido.

– Está bem – concordou *sir* Ontzlake. – Muito obrigado por arriscar sua vida por mim.

12
O COMBATE ENTRE ARTUR E ACCOLON

NO DIA SEGUINTE, quando o rei Artur já se encontrava montado, pronto para deixar o castelo de *sir* Damas, aproximou-se dele uma donzela:

– Eis aqui, majestade, a espada Excalibur e sua bainha, enviada por sua querida irmã, a fada Morgana.

– Muito obrigado! – agradeceu Artur, sem perceber que aquelas eram cópias grosseiras dos objetos originais.

O que o rei não podia imaginar é que o combate a ser travado dali a pouco fora inteiramente tramado pela maliciosa fada Morgana. Para poder casar-se com *sir* Accolon, por quem estava perdidamente apaixonada, ela precisava matar tanto seu irmão, o rei Artur, como Uriens, que era seu esposo.

Assim, mais ou menos no mesmo instante em que Artur partia em direção ao campo onde deveria enfrentar *sir* Ontzlake, Accolon montava em seu cavalo e saía disposto a derrotar *sir* Damas.

Logo depois de chegar ao local combinado, eles se prepararam para o combate. Não sabiam que estavam prestes a lutar contra um grande amigo, porque não usavam as próprias vestes e tinham o rosto escondido sob o elmo.

Como era de esperar numa luta entre grandes cavaleiros, aquele foi um combate memorável. Ambos atacaram com muita determinação. No primeiro choque, homens e cavalos foram ao chão. Os dois sacaram as espadas e passaram a trocar golpes.

Quando começou a sangrar, Artur percebeu que havia sido enganado. Certamente a espada e a bainha que recebera da donzela eram falsas. Pensou então que a verdadeira Excalibur estava em poder do seu adversário.

Todos os que assistiam ao embate estavam impressionados com a coragem de Artur, que lutava com grande bravura apesar de seus muitos ferimentos.

Depois de vibrar um golpe fortíssimo que quebrou a espada de Artur, Accolon gritou:

– Bravo cavaleiro, reconhece tua derrota! Estás desarmado e sangras. Seria covardia de minha parte matar alguém tão ferido quanto tu.

– Jamais me entregarei! – retrucou Artur. – Lutarei enquanto ainda me restar um pingo de sangue nas veias. Prefiro morrer a viver desonrado.

– Já que é assim, lá vai! – gritou Accolon e lançou mais um golpe vigoroso contra o rei, que se defendia com o escudo.

A Dama do Lago, que viera assistir ao combate porque gostava muito de Artur, compreendeu que só um encantamento maléfico poderia ter deixado o rei naquela situação. Então, com um gesto mágico, fez cair Excalibur das mãos de Accolon.

O rei pegou a arma e no mesmo instante sentiu se tratar de sua verdadeira espada, aquela que o tornava invencível:

– Oh, Excalibur, há quanto tempo estás longe de mim!

Depois, com um movimento muito rápido, arrancou a bainha de Excalibur, que ainda permanecia presa no cinto do adversário, e a lançou para longe.

A luta então virou a favor de Artur, que atingiu seu antagonista com vários golpes. Mas, mesmo bastante ferido, o outro continuou a se defender com coragem e habilidade.

Intrigado com a identidade daquele excelente espadachim, o rei levantou a espada, como se fosse golpear-lhe a cabeça, e indagou:

– Antes que eu te mate, me diz, cavaleiro: quem és tu e a que reino pertences?

– Meu nome é Accolon e eu tenho a elevada honra de pertencer à corte do bravo rei Artur!

– Como conseguiste a espada que há pouco estava em tua mão e que agora se encontra na minha?

– Ela me foi dada pela fada Morgana.

Retirando o elmo, o rei disse:

– Como podes ver agora, eu sou Artur, teu amigo.

Voltando-se para os que presenciavam a luta, o rei acrescentou:

– Por obra de um feitiço, nós, que somos tão unidos quanto dois irmãos, lutamos como se fôssemos inimigos.

Concordando com um gesto de cabeça, Accolon também falou às pessoas que os cercavam:

– Saibam todos os que estão aqui que este homem é Artur, nosso rei, o mais generoso, o mais justo, o mais sereno dos governantes.

Todos caíram ajoelhados diante do soberano.

13
O CAVALEIRO GRANDALHÃO

NAQUELE TEMPO era costume entre os cavaleiros sair pelo mundo em busca de aventuras. Destemidos e generosos, eles afugentavam os salteadores das estradas, davam combate aos nobres arrogantes e protegiam as mocinhas indefesas ameaçadas por malfeitores. Concluída a aventura, o cavaleiro dedicava a vitória à sua bem-amada, à donzela que era a dona do seu coração.

O mais forte e mais corajoso integrante da corte do rei Artur, o mais belo e elegante de todos, sem dúvida era Lancelote, também conhecido como Cavaleiro do Lago. Ele jamais seria vencido em luta, a não ser que fosse traído ou derrubado por um feitiço.

Lancelote se apaixonou loucamente por Guinevere, a esposa do rei, e foi por ela correspondido, como Merlin havia previsto muitos anos antes. Entretanto, como era um homem íntegro, mantinha-se longe da rainha porque a respeitava e, acima de tudo, respeitava o rei. Em segredo, porém, ele dedicava todas suas vitórias a Guinevere.

Certa vez, Lancelote partiu em busca de aventuras levando consigo *sir* Leonel, seu sobrinho. Era um dia de muito calor. Por volta do meio-dia, quando atravessavam um trecho de floresta, disse Lancelote:

– Estou fatigado pela viagem.

Apontando para uma macieira frondosa, sugeriu Leonel:

– Descansemos ali.

– Boa ideia! Há anos não me sinto tão cansado.

Lancelote deitou-se à sombra da árvore e, usando o elmo como travesseiro, logo caiu em sono profundo.

Leonel permaneceu acordado observando a planície que se estendia além das árvores. De repente viu ao longe uma densa nuvem de poeira. Fixando o olhar, percebeu que três homens cavalgavam em alta velocidade, perseguidos de perto por um cavaleiro muito alto, que logo os alcançou. De imediato teve início uma luta feroz entre eles.

Mesmo a distância, Leonel viu que o lutador solitário era de elevada estatura, de ombros fortes e braços poderosos. Para não despertar seu tio, montou a cavalo e silenciosamente trotou até o local onde se travava o combate.

Quando chegou lá, os três cavaleiros já estavam vencidos, com as mãos amarradas às costas, deitados sobre o lombo de suas montarias.

– Liberte-os imediatamente! – gritou o rapaz, puxando a espada.

Sem nada dizer, o grandalhão aproximou-se de Leonel e com um murro fortíssimo derrubou-lhe o cavalo. Depois, sem grande esforço, amarrou-lhe as mãos às costas e o colocou sobre o lombo de seu animal, já recuperado do soco.

Com as rédeas dos animais na mão, o grandalhão tocou em direção ao castelo onde morava. Lá, Leonel e os três cavaleiros foram jogados numa masmorra escura onde já havia muitos outros homens.

14
A DERROTA DE *SIR* HEITOR

UM DOS MELHORES amigos de Lancelote era *sir* Heitor, o pai adotivo de Artur.

Um dia, ao saber que Lancelote havia partido em busca de aventuras, *sir* Heitor resolveu ir atrás dele. Quando atravessava uma mata cerrada, dirigiu-se a um homem que julgou ser um guarda-florestal:

– Podes me dizer, amigo, se posso encontrar por aqui algum grande desafio?

– Sim – respondeu o homem. – Seguindo por esta estradinha, o senhor chegará logo a um castelo. Diante dele há uma árvore na qual estão pendurados belos escudos, que pertenceram a cavaleiros valentes. Nessa mesma arvore há uma bacia. Bata nela três vezes com sua lança e terá uma aventura para contar depois a seus netos.

Pouco depois, *sir* Heitor deparou com dezenas de escudos pendurados em uma árvore. Para sua grande surpresa, reconheceu o de Leonel e vários outros que pertenciam a cavaleiros da Távola Redonda. Furioso, bateu com a ponta de sua lança na bacia.

O cavaleiro grandalhão surgiu então diante dele, montado a cavalo e de lança em riste. De imediato, *sir* Heitor ergueu sua lança e atacou. O golpe que deu contra o escudo do adversário foi tão forte que o cavalo dele chegou a dar duas voltas em torno de si mesmo.

– Belo golpe! – ironizou o homenzarrão. E, esporeando seu cavalo, passou ao lado de *sir* Heitor e com um só braço o arrancou da sela. – Eu sou *sir* Turquine. Como o golpe que me deste foi o melhor que vi nos últimos anos, eu te perdoarei. Se jurares permanecer meu prisioneiro por toda a vida, não te matarei.

– Jamais jurarei tal coisa!

– Então, ficarás preso nos porões do meu castelo.

Pouco depois, *sir* Heitor era jogado na mesma masmorra onde se encontravam dezenas de cavaleiros.

Ao rever o jovem Leonel, *sir* Heitor perguntou a ele:

– Onde está Lancelote?

– Quando o deixei, ele dormia sob uma macieira.

– Temos apenas uma chance de escapar – comentou um cavaleiro. – Só sairemos daqui se Lancelote vier em nosso socorro. Ele é o único capaz de vencer *sir* Turquine.

15
A VITÓRIA DE BAGDEMAGUS

LANCELOTE DORMIA à sombra da macieira quando se aproximaram dele quatro mulheres belíssimas, ricamente vestidas, que viajavam sob um toldo de seda verde sustentado no alto pelas lanças de quatro cavaleiros. Uma dessas mulheres era a fada Morgana.

Ao reconhecerem Lancelote, considerado o mais belo dos cavaleiros do rei Artur, puseram-se a discutir. Todas o queriam para esposo.

– Não briguem! – exclamou a fada Morgana. – Lancei sobre ele um encantamento que o fará dormir por seis horas. Vamos levá-lo até o meu castelo. Lá, depois que eu romper o feitiço, ele escolherá uma de nós.

Ao despertar, Lancelote viu-se cercado pelas quatro mulheres.

– Sabemos que és Lancelote e que amas apenas Guinevere – disse Morgana. – Mas terás de escolher uma de nós para ser tua legítima esposa.

– E se eu disser que não desejo nenhuma de vós?

– Neste caso, morrerás.

Dando as costas ao cavaleiro, Morgana se retirou seguida pelas três outras damas, todas indignadas.

Ao meio-dia, uma mocinha simpática entregou comida a Lancelote.

– Poderias me ajudar a sair deste castelo? – perguntou o cavaleiro em voz baixa.

– Sim, desde que me prometas ir em auxílio de meu pai.

– Quem é teu pai?

– É o rei Bagdemagus.

– Como eu poderia ajudá-lo?

– Acompanhando-o na próxima terça-feira, quando ele for enfrentar o rei de Gales do Norte em um torneio.

– Certo!

No dia seguinte, ao nascer do sol, a jovem conduziu Lancelote até o quarto onde estavam sua armadura, seu elmo e suas armas, e depois à cocheira, onde seu cavalo descansava. O Cavaleiro do Lago galopou até o anoitecer para alcançar o castelo de Bagdemagus. Ao chegar e explicar o que o trouxera, o rei se mostrou muito feliz:

– Posso mesmo contar com tua ajuda no combate de terça-feira?

– Sem dúvida. Cumprirei a promessa que fiz à sua filha.

No dia combinado, Bagdemagus e Lancelote partiram bem cedo. Antes de chegar ao local do torneio, o Cavaleiro do Lago escondeu-se num bosque de onde poderia ver os combates.

O primeiro a entrar no campo de batalha foi o rei de Gales do Norte, acompanhado por 160 cavaleiros. Depois, surgiu Bagdemagus, com apenas oitenta cavaleiros.

Os dois grupos alinharam-se um diante do outro. Obedecendo a um sinal dos comandantes, as duas linhas correram em direção ao centro da arena, onde se chocaram. No primeiro encontro, o número de feridos foi bem maior entre os homens de Bagdemagus, que recuaram.

Foi aí que Lancelote entrou em ação. Saiu cavalgando do bosque e, de lança em riste, dirigiu-se para onde havia a maior concentração de adversários. Foi derrubando todos que surgiam à sua frente. Jogou por terra incontáveis cavaleiros antes de derrubar o próprio rei de Gales do Norte.

Bagdemagus foi declarado vencedor do torneio. Depois de despedir-se dele, Lancelote voltou à estrada. Queria reencontrar Leonel.

16
LANCELOTE VENCE TURQUINE

QUANDO SE APROXIMAVA da macieira sob a qual havia adormecido, Lancelote avistou uma jovem montada num cavalo branco. Dirigindo-se a ela, perguntou:

– Donzela, podes me dizer se existe por aqui alguma proeza perigosa que eu possa realizar?

– Aqui perto mora um cavaleiro muito forte, que jamais foi vencido. Chama-se Turquine. Dizem que ele mantém em sua prisão dezenas de cavaleiros, todos vencidos por ele em combates leais.

– Onde fica o castelo dele?

– Siga na direção em que vinha antes e logo o verá.

Depois de cavalgar por algum tempo, Lancelote viu um cavaleiro muito alto e forte que puxava pelas rédeas um cavalo sobre o qual se encontrava deitado um jovem, com as mãos amarradas às costas. Os dois homens se detiveram e, ao mesmo tempo, empunharam as respectivas lanças.

– Solta já este homem! – ordenou o Cavaleiro do Lago. – Depois de derrotar-te, eu te farei libertar teus prisioneiros!

– Isso nunca! – respondeu Turquine. – Tu é que logo te juntarás aos outros que estão presos na masmorra.

Simultaneamente, Turquine e Lancelote esporearam seus cavalos. O primeiro choque entre eles foi tão forte que os dois caíram ao solo. Sacando suas espadas, continuaram o combate.

Apesar de grandalhão, Turquine era muito ágil. Esquivava-se facilmente dos golpes rápidos e certeiros de Lancelote e respondia na sequência com estocadas igualmente perigosas, dadas com grande força. Espantado, porém, com a destreza de Lancelote, o oponente se perguntava: "Quem será este homem?".

O combate se arrastava. Lutavam havia mais de duas horas e sangravam muito. Era impossível dizer qual estava mais ferido. A intensa troca de golpes e a movimentação permanente dos escudos os deixaram muito cansados, mas nenhum parecia disposto a render-se.

– És o guerreiro mais formidável com quem já me deparei – gritou *sir* Turquine. – És tão habilidoso quanto o cavaleiro que eu mais odeio neste mundo. Ora, se não fores tu esse cavaleiro, paremos agora de lutar.

De espada erguida, Lancelote indagou:

– Posso saber o nome do cavaleiro que odeias tanto?

– Lancelote é o nome do maldito. Ele matou um irmão meu. Se um dia eu o encontrar, um dos dois não ficará vivo. Tenho dezenas de cavaleiros na minha masmorra. Libertarei todos eles se me disseres que não te chamas Lancelote.

– Pois fica sabendo que eu sou aquele que procuras para te vingar. Sou

Lancelote, o Cavaleiro do Lago, membro da Távola Redonda. Trata, pois, de te defender!

A partir daquele momento os dois se jogaram com maior empenho na luta. O combate ganhou um ritmo alucinante: eles pareciam duas feras. O primeiro a sentir cansaço foi Turquine, que baixou o escudo. Aproveitando-se disso, Lancelote desferiu um golpe certeiro, que o fez cair morto.

Em seguida, o Cavaleiro do Lago desamarrou o jovem que tinha sido aprisionado naquele dia e pediu a ele que fosse até o castelo de Turquine a fim de libertar os cavaleiros que lá se encontravam prisioneiros:

– Diga a Leonel e *sir* Heitor que se dirijam à corte que eu logo os encontrarei lá.

Lancelote então montou em seu cavalo e retornou à estrada para buscar outras peripécias que lhe dessem ainda maior renome.

17
A CADEIRA PERIGOSA

CERTA VEZ, estando os cavaleiros reunidos em torno da Távola Redonda, adentrou o salão um ermitão, que se dirigiu ao rei Artur:

– Por que, majestade, apenas aquela cadeira está vaga?

– É a Cadeira Perigosa, destinada a um cavaleiro sem igual. Qualquer outro homem que nela se sentar cairá morto instantaneamente.

– Alguém aqui sabe o nome desse cavaleiro? – indagou o ermitão.

– Não! – responderam os cavaleiros em coro.

– Pois, apesar de saber, eu não o direi – retrucou o ermitão. – O que eu posso adiantar é que o homem que irá sentar-se nessa cadeira ainda não nasceu, mas será gerado em breve. Ele também encontrará o Santo Graal.

O rei Artur e seus cavaleiros ficaram perplexos.

Santo Graal era o nome dado ao cálice usado por Jesus Cristo na última ceia e que servira, depois, para que José de Arimateia colhesse o sangue de Jesus após sua crucifixação.

18
LANCELOTE E O DRAGÃO

CAVALGANDO à procura de aventuras, certo dia Lancelote chegou a um castelo em cujo centro havia uma alta torre.

Assim que reconheceram o Cavaleiro do Lago, várias pessoas o saudaram.

– Bem-vindo, Lancelote! – disse um rapaz. – Só tu poderás nos livrar de um terrível encantamento. Uma donzela está encerrada há cinco anos em nossa torre. Com inveja de sua beleza, a fada Morgana a mantém dentro de uma banheira cuja água está sempre a ferver. Ela está condenada a permanecer ali até que o cavaleiro mais destemido do mundo a pegue pela mão. Como és o mais corajoso de todos, nós te pedimos que a ajudes.

Lancelote foi à torre. Subiu correndo os degraus até atingir o andar em que estava presa a moça. Com um forte pontapé, arrombou a porta de ferro e penetrou num quarto quente como fornalha. Deu a mão a uma belíssima donzela e a retirou dali. Ao chegar ao pé da torre acompanhado pela jovem, foi aplaudido pelos moradores do castelo.

– Precisamos agora de outro favor teu, Cavaleiro do Lago – disse uma velha. – Liberta-nos de uma terrível serpente que vive em um túmulo de nosso cemitério.

– Levem-me até lá!

No cemitério, Lancelote leu sobre a tumba apontada pela velha uma inscrição em letras de ouro:

O leopardo que matar esta serpente deixará aqui um filho, um leão que vai superar todos os cavaleiros.

Intrigado com aquelas palavras, ele afastou a pedra que cobria o túmulo. Para sua surpresa, saiu da cova não uma serpente, mas um dragão que expelia fogo pela boca e pelas narinas.

O Cavaleiro do Lago sacou a espada e deu início a um combate que durou a tarde inteira. Precisou lançar mão de toda sua força e de toda sua agilidade para enfrentar aquele fantástico animal. Ora tinha de se livrar das labaredas que o dragão cuspia, ora tinha de evitar ser esmagado por suas garras afiadas. Por fim, com um golpe certeiro de espada, o decapitou.

19
UMA VISÃO DO SANTO GRAAL

AO FIM DA LUTA, um homem aproximou-se do cavaleiro vitorioso e disse:

– Eu sou Pelles, o rei deste país. Pertenço à família de José de Arimateia. Convido-te a vires até o meu castelo.

Chegando ao castelo, eles viram entrar pela janela do salão onde se instalaram uma pombinha que trazia no bico um minúsculo turíbulo de ouro. O salão logo foi tomado por um perfume maravilhoso. Em seguida, os dois homens viram surgir uma jovem que carregava nas mãos uma brilhante taça de ouro.

– O que significa isso? – perguntou Lancelote.

– Tivemos uma visão do Santo Graal – explicou o rei. – Naquele cálice, José de Arimateia recolheu o sangue de Jesus Cristo quando ele foi ferido no coração por um soldado romano. Esse cálice foi trazido para a nossa terra, mas não se sabe onde ele está. Dizem que só o mais puro de todos os cavaleiros poderá encontrá-lo.

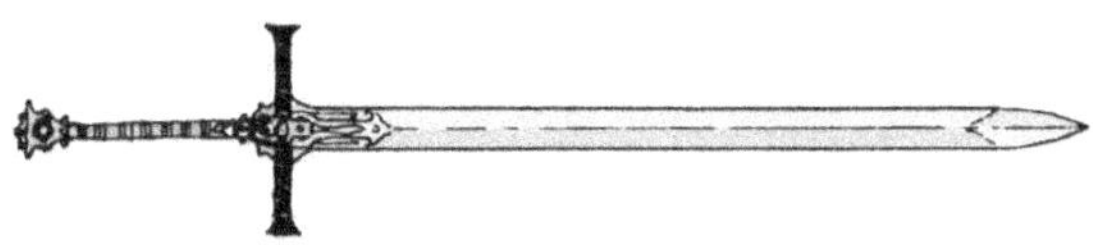

20
O FALSO ANEL DE GUINEVERE

ASSIM QUE o Cavaleiro do Lago matou o dragão, o rei Pelles compreendeu o significado da misteriosa inscrição sobre o túmulo. Lancelote era o leopardo que viera para matar a serpente. O leão, portanto, seria o filho dele.

O rei Pelles sabia que seu futuro neto – que se chamaria Galahad – estava destinado a ser o mais puro de todos os cavaleiros. E, para que esse vaticínio se realizasse, Lancelote deveria gerar um filho em Elaine, a filha de Pelles.

Ora, sabendo que Lancelote não amava ninguém a não ser a rainha Guinevere, Pelles convocou uma famosa feiticeira para ajudá-lo na manobra. A feiticeira fez um anel idêntico ao de Guinevere e o deu a um mensageiro:

– Entrega este anel a Lancelote e diz a ele que a rainha quer vê-lo secretamente.

Ao pegar o anel, instantaneamente Lancelote ficou enfeitiçado e seguiu o mensageiro até um castelo nas proximidades. Lá, no portão, ele foi recebido pela feiticeira, que o conduziu ao quarto de Elaine. Lancelote achou que tinha diante dos olhos não a filha do rei Pelles, mas Guinevere, a mulher que amava. Jogou-se de joelhos diante dela.

No dia seguinte, ao abrir a janela do quarto, Lancelote desfez a magia. Furioso por descobrir que fora enganado, ele sacou sua espada.

– Perdão! – clamou Elaine. – Estou destinada a ser a mãe do mais puro de todos os cavaleiros. E ele só pode ter como pai o mais corajoso de todos os homens, que és tu.

– Eu te perdoo porque tu também deves ter sido enfeitiçada.

21
GALAHAD É ARMADO CAVALEIRO

QUINZE ANOS DEPOIS, numa festa religiosa em que todos os cavaleiros do rei Artur estavam reunidos, apresentou-se uma donzela procurando por Lancelote.

– Sou eu – disse o Cavaleiro do Lago. – Que queres de mim?

– Venho em nome do rei Pelles e o convido a viajar comigo até uma floresta próxima daqui.

Cavalgaram por um longo tempo até que, numa clareira, viram um convento de monjas. Lá, o cavaleiro foi levado ao gabinete da abadessa, que lhe apresentou um rapaz:

– Queremos que arme cavaleiro este rapaz, que nós criamos. Ele se chama Galahad. Está escrito que ele só poderá receber a Ordem da Cavalaria do maior de todos os cavaleiros. Por isso, nós o chamamos, senhor.

– Farei o que me pedem as senhoras.

Galahad passou aquela noite sem dormir, ajoelhado, orando. Ao nascer do dia, em jejum, pronunciou seu juramento: comprometeu-se a cumprir fielmente as rigorosas leis da cavalaria, honrando sua religião, sua pátria e seu rei. Por fim, Lancelote bateu com a espada no seu ombro, declarando-o cavaleiro.

– Queres ir comigo para a corte do rei Artur, jovem?

– Não, não irei agora – respondeu Galahad. – Irei até lá no momento mais apropriado.

22
UMA ESPADA PARA GALAHAD

CERTO DIA, ao entrarem no salão da Távola Redonda, depois de retornar da missa dominical, o rei Artur e seus cavaleiros foram surpreendidos por um fato espantoso. O recosto de cada cadeira da Távola Redonda continha, escrito com letras de ouro, o nome do seus ocupantes, menos o da Cadeira Perigosa. Quando, porém, se aproximaram dela, viram estas palavras:

Quatrocentos e quarenta e cinco invernos após a morte de Jesus Cristo, esta cadeira será ocupada.

– Então esta cadeira será ocupada hoje mesmo! – exclamou Lancelote. – Justamente hoje estamos comemorando a festa de Pentecostes do ano 445.

Artur ordenou que a inscrição da Cadeira Perigosa fosse coberta com um lenço de seda.

Pouco depois, um trêmulo escudeiro disse ao rei:

– Majestade, há uma pedra enorme flutuando no rio.

– Não é possível!

– O mais incrível, majestade, é que nessa pedra está cravada uma espada.

– Quero vê-la imediatamente – disse Artur.

Quando chegaram à margem do rio, o rei e seus cavaleiros puderam ver, flutuando sobre a água, um bloco de mármore vermelho por cima do qual se destacava a empunhadura de uma espada.

Mais espantados eles ficaram quando viram, no punho da arma – decorado com pedras preciosas –, uma inscrição em minúsculas letras de ouro:

Só o melhor cavaleiro do mundo poderá me arrancar daqui.

– Ora, essa espada só pode ser tua – disse o rei voltando-se para Lancelote. – Arranca-a daí.

Pensativo, o Cavaleiro do Lago respondeu:

– Ouvi falar que o homem que falhar ao tentar sacar esta espada será ferido gravemente por ela.

Atendendo a um pedido insistente do rei, dois cavaleiros, *sir* Gawaine e *sir* Percival, tentaram retirar a arma do mármore, mas nenhum deles conseguiu sequer movê-la. Ninguém mais se arriscou, com medo do vaticínio de Lancelote.

Intrigados com aquele mistério, os cavaleiros retornaram ao salão da Távola Redonda. Quando já estavam todos acomodados, portas e janelas se fecharam misteriosamente. Surgiu então diante deles um homem muito velho, vestido de branco, que trazia pela mão um rapaz. Envergando uma armadura vermelha, sem escudo ou espada, o jovem tinha apenas uma bainha na cinta.

– Eu lhe apresento um cavaleiro de sangue real – disse o ancião ao rei. – Descendente de José de Arimateia, ele realizará grandes feitos aqui e em terras estrangeiras.

– Sejam bem-vindos os dois – disse Artur.

Sempre conduzindo o rapaz pela mão, o velho o levou até a Cadeira Perigosa. Temendo pela vida do jovem, um cavaleiro gritou:

– Cuidado!

O ancião retirou o lenço que cobria as inscrições ameaçadoras da Cadeira Perigosa e todos viram surgir em seu recosto uma nova frase:

Esta é a cadeira do príncipe Galahad.

O rei Artur se pôs de pé, pegou o rapaz pela mão e o levou até margem do rio. Galahad retirou então com muita facilidade a espada do bloco de mármore.

23 EM BUSCA DO SANTO GRAAL

TEMPOS DEPOIS, quando ficou decidido que todos os cavaleiros da Távola Redonda sairiam em busca do Santo Graal, o rei Artur resolveu realizar uma grande festa de despedida.

– Como nunca mais verei vocês juntos, farei um torneio em que todos possam lutar pela última vez – disse o rei. – Serão combates dos quais todos se lembrarão pelo resto de suas vidas.

O objetivo secreto de Artur com esse torneio era ver como se saía Galahad.

O mais jovem dos cavaleiros venceu todos os combates que travou contra os mais experientes seguidores do rei, sem sofrer um só ferimento, mesmo não usando escudo. Envergou elmo e couraça, mas recusou o pedido de Artur para que recorresse à proteção de um escudo.

Terminada a disputa, o rei pediu a Galahad que retirasse o elmo para que a rainha Guinevere pudesse ver-lhe o rosto. Quando o rapaz atendeu à solicitação, a rainha imediatamente percebeu que ele só poderia ser filho de Lancelote, pois se parecia muito com ele.

Mais tarde, quando sentavam em volta da Távola Redonda para jantar, os cavaleiros escutaram um estrondo superior à explosão de mil trovões. E, a seguir, uma luz fortíssima os ofuscou de tal maneira que não conseguiam abrir os olhos. De tão impressionados, nem um deles articulou uma só palavra.

Nesse momento, surgiu no salão o Santo Graal, flutuando, coberto por um tecido branco. No mesmo instante um forte perfume impregnou a sala. Depois de fazer uma volta em torno da Távola Redonda, o Cálice Sagrado desapareceu subitamente, sem que nenhum dos cavaleiros pudesse vê-lo.

Quando por fim abriram os olhos, os cavaleiros viram maravilhados que as mais finas bebidas e as mais deliciosas comidas estavam dispostas sobre a mesa.

– Aconteceu algo milagroso aqui – disse um cavaleiro. – Sinto que o Santo Graal esteve perto de nós, mas infelizmente não nos foi dado o direito de enxergá-lo. Amanhã mesmo partirei em sua busca e só retornarei a esta corte se um dia lograr vê-lo.

Todos os cavaleiros fizeram idêntica promessa. Foi assim que teve início a busca do Santo Graal. Artur sentiu-se triste porque sabia que muitos daqueles bravos cavaleiros morreriam na busca do cálice que fora usado por Jesus em sua última ceia.

Ao despedir-se do rei, disse Lancelote:

– Todos nós um dia teremos de fechar os olhos para sempre, majestade. Melhor que esse último movimento de nossas pálpebras se dê enquanto procuramos o Santo Cálice.

24
O ESCUDO COM A CRUZ NO CENTRO

GALAHAD, QUE ERA O MAIS jovem, o mais belo e o mais puro dos cavaleiros, partiu sozinho, sem escudo.

Certo dia, ao chegar a um mosteiro, lá encontrou dois cavaleiros: o rei Bagdemagus e Uwaine.

– Jovem Galahad, há neste mosteiro um escudo mágico – disse Bagdemagus. – Falam que aquele que se atrever a usá-lo morrerá ou será gravemente ferido. Mesmo assim, estou decidido a tentar. Se eu for ferido, espero que tu...

– Sim, eu tentarei usá-lo. Estou mesmo sem escudo.

No dia seguinte, um monge conduziu os três cavaleiros até o altar em que se encontrava um escudo branco como neve e com uma cruz vermelha desenhada no centro.

– Este escudo não pode ser conduzido por qualquer um – disse o monge. – Só o melhor cavaleiro do mundo poderá empunhá-lo.

– Sei que não sou o melhor cavaleiro do mundo – disse Bagdemagus. – Mas vou tentar. Galahad, permaneça aqui enquanto saio para testar o escudo.

Montando a cavalo, Bagdemagus deixou o mosteiro. Não havia percorrido nem dois quilômetros quando percebeu que um cavaleiro vestindo uma armadura branca, montado num cavalo branco, cavalgava velozmente na sua direção, com a lança em riste.

Bagdemagus preparou-se para a luta, mas foi jogado fora da sela por um único golpe de lança, que o jogou ao solo, gravemente ferido no ombro direito.

– Homem tolo, por que carregas esse escudo? – perguntou o cavaleiro de branco. – Não sabes que ele só pode ser utilizado pelo melhor entre todos os cavaleiros que existem na face da terra?

O escudeiro de Bagdemagus, que estava socorrendo seu senhor caído, perguntou:

– A quem pertencerá este escudo, senhor?

– Ele só pode ser usado por Galahad – respondeu o cavaleiro de branco, e partiu a galope.

O escudeiro então ajudou Bagdemagus a montar no cavalo e, com muito cuidado, o conduziu até o mosteiro. Ao chegar lá, repetiu as palavras do cavaleiro de branco e entregou o escudo a Galahad.

O jovem envergou o escudo e saiu a galope. Pouco adiante topou com o cavaleiro de branco, que lhe disse:

– Escuta, Galahad: este escudo foi feito há mais de quatrocentos anos por José de Arimateia para um rei chamado Everlake, que combatia os sarracenos. No começo das batalhas, Everlake trazia o escudo coberto por um pano. Quando se sentia em perigo, descobria-o. Então seus adversários viam no centro do escudo a figura de um homem crucificado. Ficavam transtornados e deixavam de lutar. Tempos depois, Everlake e Arimateia viajaram para a nossa terra. Pouco antes de morrer, Arimateia anunciou que aquele escudo só poderia ser usado por Galahad.

Concluída essa história, o cavaleiro de branco simplesmente desapareceu, desfazendo-se no ar.

25
GALAHAD ENFRENTA LANCELOTE E PERCIVAL

CERTO DIA, ao adentrar uma floresta, disfarçado para que não o reconhecessem, Galahad viu Lancelote e *sir* Percival. De repente, Lancelote empunhou a lança, esporeou o cavalo e partiu em desabalada correria contra aquele que julgava ser um desconhecido, mas que era seu filho. Mal se chocou contra o escudo do adversário, a arma de Lancelote partiu -se em mil pedaços e ele foi jogado ao chão. Depois, sem dizer uma só palavra, Galahad apeou do cavalo, sacou sua espada e venceu rápida e facilmente Percival, quase o matando com um golpe no elmo.

O Cavaleiro do Lago e Percival estavam caídos ao solo, zonzos, quando uma velha que vivia ali isolada se aproximou de Galahad e disse em voz alta:

– Sem dúvida, o senhor é o melhor cavaleiro do mundo. Se esses dois que aí estão na poeira soubessem que por trás deste escudo maravilhoso se encontra o mais virtuoso de todos os homens, não teriam entrado nessa luta.

Temendo que sua identidade fosse revelada, Galahad partiu em disparada.

Voltando-se para os derrotados, a velha disse:

– O cavaleiro que acabou de derrotar-vos é ninguém menos do que Galahad, o cavaleiro sem mácula, o invencível.

Os dois homens montaram e saíram a toda velocidade em busca de Galahad, mas o jovem já havia desaparecido.

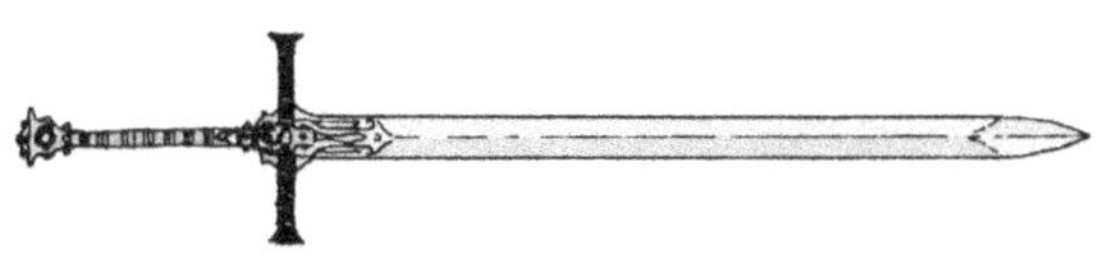

26
SURGE O CÁLICE SAGRADO

MUITO TEMPO DEPOIS, na sua incansável busca pelo Cálice Sagrado, vinha

Galahad por uma estrada quando se encontrou com sir Percival, de quem ficara amigo. Conversando alegremente, os dois seguiram em frente.

Mais adiante, numa encruzilhada, *sir* Bors se juntou a eles. Contando uns aos outros as aventuras que haviam vivido nos últimos meses, os três trotaram rumo ao castelo do rei Pelles.

À noite, quando Pelles e seus convidados estavam reunidos no salão, uma forte ventania trouxe consigo uma sufocante onda de calor. Diante daquele estranho fenômeno, alguns homens caíram ajoelhados. Então uma voz poderosa disse:

– Que fiquem aqui apenas os verdadeiros cavaleiros!

Ninguém sabia de onde vinha aquele vozeirão. Mesmo assim, obedeceram. Permaneceram no salão Galahad, Percival, Bors e outros nove cavaleiros: três da França, três da Irlanda e três da Dinamarca.

Apresentou-se então diante deles um homem vestido como um bispo trazendo nas mãos uma cruz. Quatro anjos surgiram e, pegando o religioso pelos braços, o conduziram até uma mesa de prata, sobre a qual, para grande surpresa de todos, estava o Santo Cálice.

A mesma voz misteriosa, que parecia nascer do ar, lhes disse:

– O homem que estais vendo é José, o primeiro bispo da cristandade.

Todos ficaram maravilhados com aquela informação porque José de Arimateia havia morrido séculos antes.

O bispo ergueu as mãos segurando o Cálice Sagrado e dirigiu-se a Galahad:

– Agora que já viste o que mais querias ver, filho, parte para a cidade de Sarras levando contigo o Santo Graal. Só Bors e Percival poderão seguir em tua companhia.

27
A PARTIDA DE GALAHAD

GALAHAD, BORS e Percival deixaram o castelo do rei Pelles pouco depois.

Cavalgaram durante três dias até que chegaram a uma praia na qual estava atracado um grande navio. Subiram a bordo e, maravilhados, verificaram que a mesa de prata se encontrava por lá: o Santo Graal, coberto por um tecido vermelho, estava sobre ela. Os três acomodaram-se nas camas de um camarote e adormeceram. Ao acordarem, o navio já estava atracado em Sarras.

Quando desembarcavam, Galahad pediu auxílio a um velho:

– O senhor poderia ajudar-nos a carregar uma mesa?

– Não posso, jovem. Há dez anos só ando apoiado em muletas.

– Levanta e mostra boa vontade – disse-lhe Galahad.

Como conseguiu pôr-se de pé sem a ajuda das muletas, o velho correu a ajudar Galahad.

Quando a notícia sobre aquele fato extraordinário se espalhou pela cidade, o rei de Sarras imediatamente mandou chamar os três cavaleiros para exigir explicações. Galahad contou ao rei que, como possuía o Santo Graal, tinha o poder de curar os doentes.

Como era um tirano cruel, o rei de Sarras decidiu jogar os três cavaleiros numa masmorra. Lá eles ficaram confinados por um ano até que um dia, quando sentiu que estava para morrer, o rei mandou libertá-los e pediu perdão a eles.

No dia seguinte, após o enterro do rei, quando se encontravam reunidos os conselheiros da cidade, uma voz misteriosa disse que o mais jovem dos três cavaleiros deveria substituir o soberano morto.

Ao assumir o reinado, o primeiro ato de Galahad foi ordenar que construíssem um relicário de ouro enfeitado por pedrarias, dentro do qual seria guardado o Santo Graal.

Certo dia, quando Galahad chegou à sala onde estava o Cálice Santo, um homem vestido como bispo, cercado de incontáveis anjos, ajoelhou-se diante dele. Era José de Arimateia, que disse:

– Galahad, agora verás aquilo que há tanto tempo desejas ver.

O jovem cavaleiro fechou os olhos e teve visões fantásticas do mundo espiritual.

Disse-lhe depois o bispo:

– Jesus me enviou até aqui para estar contigo porque viste as maravilhas do Santo Graal e porque és o mais puro de todos os cavaleiros.

Galahad voltou-se para Percival e Bors e disse a eles:

– Quando encontrarem meu pai, Lancelote, o Cavaleiro do Lago, digam a ele que eu o amei muito.

Então Galahad ajoelhou-se diante do Cálice Sagrado e se pôs a rezar. Pouco depois os anjos se aproximaram dele, tomaram-no pelos braços e partiram com ele em direção ao céu. Assombrados, Percival e Bors viram uma mão que desceu do céu, apanhou o Santo Graal e tornou a subir.

28
A MORTE DE ARTUR E O FIM DE UMA ERA

ESTAVA O REI ARTUR combatendo na França quando lhe chegou a notícia de que seu sobrinho Mordred – que ele deixara governando a Inglaterra em seu lugar – havia tomado o poder.

Usando cartas falsas, escritas por ele mesmo, Mordred assegurou no Parlamento que Artur havia falecido em combate contra Lancelote. Enganados por aquela trapaça, os nobres ingleses escolheram-no para ocupar o lugar do rei que eles julgavam morto.

Por isso, Artur resolveu voltar imediatamente a seu país.

Quando soube que o verdadeiro rei estava retornando, Mordred reuniu um numeroso exército e partiu em direção ao porto de Dover, onde Artur desembarcaria.

Travou-se naquele porto uma tremenda batalha, com milhares de mortos nos dois lados. Como não conseguiram evitar o desembarque dos homens de Artur, as forças de Mordred tiveram que recuar para Barham.

Artur conduziu suas tropas até lá e deu início a outra batalha sangrenta. E, mais uma vez vencidos, os soldados de Mordred tiveram de recuar. Foram para Canterbury. E o rei Artur os seguiu.

Certa noite, Artur teve um pesadelo assustador. Sonhou que caía dentro de um poço de águas negras cheio de animais selvagens que lhe mordiam os braços e as pernas.

Ao despertar, o rei contou seu sonho aos cavaleiros que considerava mais sábios. Estes o aconselharam a não travar um novo combate e a oferecer um acordo de paz a Mordred, a fim de evitar a morte de tantos guerreiros de ambos os lados.

Artur propôs então um acordo de paz a seu sobrinho, que o aceitou imediatamente. Ficou acordado que as terras inglesas seriam divididas: metade para Artur, metade para Mordred.

A assinatura do acordo se daria numa pequena elevação em meio à planície que separava as duas tropas. Artur e Mordred seriam acompanhados, cada um deles, apenas por catorze cavaleiros.

Antes de se dirigir ao lugar combinado, Artur disse aos homens que o acompanhariam:

– Não confio em Mordred. Temo que ele possa me trair. Fiquem atentos! Se algum dos cavaleiros dele sacar a espada, não vacilem um só instante. Entrem em combate.

Ao chegarem, o rei e seus homens desmontaram. Artur e Mordred sentaram-se a uma mesa para beber um cálice de vinho antes de assinar o documento que colocaria fim à guerra. Tudo parecia correr bem, mas, de repente, uma serpente saiu de uma moita e mordeu o pé de um dos oficiais de Mordred. Num gesto automático, o homem sacou da espada para matar o animal venenoso.

Foi o que bastou para que tanto os cavaleiros de Artur como os de Mordred empunhassem suas armas e começassem uma luta sangrenta. E, sob toques de cornetas, as tropas de ambos os lados também entraram em combate.

A luta arrastou-se pelo dia inteiro. Ao fim da tarde, vendo Mordred de pé sobre um monte de cadáveres, o rei Artur avançou na direção dele, segurando a lança com as duas mãos e gritando:

– Traidor, chegou enfim o dia de tua morte!

Empunhando a espada, Mordred correu para Artur.

Ao mesmo tempo que a lança do rei varava o corpo do adversário, um golpe fortíssimo da espada de Mordred rompia o elmo de Artur.

Mordred caiu morto e Artur, gravemente ferido.

Dois de seus cavaleiros – *sir* Lucan e *sir* Bedivere – levaram o rei até uma capelinha nas proximidades.

Ao sentir que o momento de sua morte se aproximava, Artur estendeu sua espada a Bedivere e disse:

– Toma aqui minha boa Excalibur e lança-a nas águas. Depois volta aqui para me dizer o que aconteceu.

Bedivere partiu. Contemplando o punho cravejado de pedras preciosas daquela arma, resolveu guardá-la para si. Escondeu-a na vegetação das dunas e retornou para encontrar-se com Artur.

– Que viste? – perguntou o rei.

– Só me defrontei com a eterna dança das ondas com o vento, majestade.

– Não estás sendo sincero. Volta lá e cumpre o que te ordenei!

Vendo que não poderia enganar Artur, o cavaleiro apanhou a espada e foi até a praia. Lá, usando o máximo de sua força, lançou-a na água. Assombrado, viu então um braço e uma mão surgirem do meio das águas para apanharem no ar a espada mágica, e voltarem a mergulhar com ela.

Trêmulo de susto, o cavaleiro correu até o rei e contou o acontecido.

– Agora, chegou a minha vez de ser levado à praia – disse Artur.

Os cavaleiros tomaram o rei nos braços e o conduziram à beira da água. Surpresos, viram junto à margem um pequeno barco, na qual se encontravam algumas mulheres vestidas de negro.

– Ponham-me naquela embarcação – ordenou Artur.

O rei foi recebido a bordo com grandes exclamações de tristeza pelas mulheres. Chorando, uma delas se dirigiu a Artur:

– Por que demoraste tanto, irmão?

Era a fada Morgana.

Pouco depois, como se impulsionado por remadores invisíveis, o barco correu sobre as águas.

Não se sabe o que aconteceu a seguir.

Para alguns, o rei faleceu pouco depois e foi enterrado por sua irmã em um mosteiro remoto.

Para um grupo bem mais numeroso, Artur não morreu. Ele ainda estaria vivendo em Avalon e de lá um dia retornará para assumir seu posto de eterno rei da Inglaterra.

Por que essas pessoas pensam assim? Porque no túmulo do mosteiro onde dizem que Artur foi enterrado existe uma misteriosa inscrição:

Aqui repousa Artur, aquele que foi rei e que rei ainda será.

IVANHOÉ

Walter Scott

Adaptação de Lourenço Cazarré

WALTER SCOTT.

Escocês, nasceu em Edimburgo em 1771 e faleceu em Roxburgh em 1832. Sua família, de classe média, provinha de antigos clãs das fronteiras escocesas; o pai era advogado e a mãe, filha de um médico que também era professor universitário. Apesar do clima intelectual e burguês predominante, o lar dos Scott era uma fonte viva de pesquisas sobre as raízes folclóricas do povo escocês. Walter foi uma criança enferma, que sofria de poliomelite e distraía-se ouvindo as lendas e baladas populares. Esses temas folclóricos que o seduziram na infância prosseguiriam como material de interesse em toda sua vida adulta e seriam parte essencial de sua obra literária.

No final da década de 1780, Walter cursou Direito na Universidade de Edimburgo, onde se formou em 1792, mas praticou advocacia por pouco tempo, já que aceitou um cargo de funcionário da Coroa na região de Selkirkshire, exercendo-o até a morte. Seus primeiros trabalhos, publicados em 1797, foram coletâneas de poemas claramente inspirados no folclore escocês. Em 1799 leu e traduziu vários textos de Goethe e se entusiasmou com uma nova estética, da qual seria um dos patronos: o romantismo, em especial a vertente medievalista, que cultuava as origens nacionais e exaltava os heróis formadores da nação – no caso britânico, os cavaleiros medievais. Em 1802 publicou em três volumes Canção do último menestrel, *obra que despertou o interesse do público. Colaborou em inúmeras revistas e jornais, amealhando grande fortuna; em 1811 mandou construir um castelo na região de Abbotsford. Tornou-se um dos homens mais conceituados e conhecidos na Europa com os romances históricos:* Waverly *(1814),* O antiquário *(1816),* Rob Roy *(1817),* A canção de Lammermoor *(1819),* Ivanhoé *(1820), entre outros. Fundou uma casa editorial, mas ele e seu sócio acabaram encontrando sérias dificuldades financeiras. Para quitar algumas dívidas, na última década de vida Scott dedicou-se ainda mais intensamente à literatura, porém essa obra tardia infelizmente não esteve à altura dos livros anteriores.*

A influência de Walter Scott foi marcante em todo o planeta, e não só em países de língua inglesa. A busca pelas raízes nacionalistas e a glorificação dos heróis do passado refletiram-se em romances portugueses, como Eurico, o presbítero *(1844), de Alexandre Herculano, ou* O arco de Sant'Ana *(1845), de Almeida Garrett, ou mesmo na adaptação do medievalismo dos enredos, que se deu no Brasil com o movimento indianista de José de Alencar, por exemplo, em obras como* O guarani *(1857) e* Iracema *(1865).*

Ivanhoé *foi a obra-prima de Walter Scott, não só por corresponder ao paradigma do romance romântico medievalista, cujos protagonistas eram cavaleiros valorosos que honravam os ideais da cavalaria (defender a fé cristã, participar da Guerra Santa por Jerusalém, respeitar as damas e até morrer por sua honra, ser vassalo dedicado a seu senhor), mas sobretudo por exibir uma competente carpintaria narrativa. Esse romance exemplar da técnica do suspense, com capitulação esmerada e caracterização enxuta e eficiente das personagens, cativou o leitor não só da sua época, sendo uma leitura saborosa ainda nos dias atuais.*

1
ONDE ESTÁ O REI?

CORRIA O ANO de 1192.

O rei da Inglaterra, Ricardo I – mais conhecido como Ricardo Coração de Leão – havia desaparecido misteriosamente quando retornava de uma cruzada à Terra Santa. Muitos desconfiavam que ele havia sido preso em algum outro país por ordem de seu irmão, o príncipe João, que estava provisoriamente à frente do governo.

Ricardo Coração de Leão descendia de Guilherme da Normandia, rei de origem francesa, que tomara o poder na Inglaterra um século antes. Desde então, o francês tornara-se a língua oficial do país, falada pela nobreza e pelo clero. Mas muitos nobres ingleses e o povo falavam o idioma anglo-saxão. Havia forte rivalidade entre normandos e saxões.

2
O BUFÃO E O PORQUEIRO

NUMA CLAREIRA banhada pelo fraco sol do fim da tarde encontravam-se dois homens.

O mais velho, de feições grosseiras, pele queimada pelo sol, vestia um colete que lhe descia até os joelhos. Calçava sandálias de couro de javali.

Na cintura, trazia uma corneta de chifre e um facão. Num largo colar de bronze sob sua barba castanha podia-se ler:

Gurth, filho de Beowulph, escravo de Cedric de Rotherwood.

Sentado numa pedra, estava o segundo homem. Bem mais moço, ele usava uma jaqueta de couro e tinha pulseiras de prata nos pulsos. Por cima das sandálias, vestia uma polaina amarela numa perna e uma vermelha na outra. Na cabeça trazia um gorro de couro, em forma de coroa, com guizos que retiniam. Como mexia a cabeça sem parar, os guizos soavam o tempo todo. Na cinta, em vez de uma faca, exibia uma ridícula espada de pau. Via-se pelos trajes extravagantes e principalmente pela expressão zombeteira de seu rosto que se tratava de um bufão. Do seu pescoço pendia um colar no qual estava escrito:

Wamba, filho de Witless, escravo de Cedric de Rotherwood.

Depois de soprar a corneta, a fim de reunir o rebanho de porcos, Gurth exclamou:

– Malditos animais, juntem-se antes que o diabo os leve para assá-los no inferno!

E, passando a mão pela cabeça do cão enorme que o acompanhava no trabalho, disse:

– Vamos, Fangs, tenta ser o pastor competente que nunca foste.

De olhos fixos no rebanho, que se movimentava assustado diante do cachorro, Gurth dirigiu-se ao bufão:

– Wamba, coloca-te sobre essas tuas pernas tortas e vem me ajudar!

– Acabei de consultar minhas pernas – respondeu o bufão. – E elas me disseram que estão cansadíssimas. Além disso, me falaram que não é aceitável que um homem digno como eu suje suas sandálias e vestes correndo atrás de porcos.

– Para de dizer tolices e me ajuda!

– Gurth, chama teu cão e vamos embora. Deixa os porcos por aí. Se eles acabarem nas bocas famintas de soldados, peregrinos ou bandoleiros, pior para eles!

– Se esses porcos derem de cara com normandos, serão comidos num piscar de olhos. Aliás, o que mais fazem esses malditos normandos é roubar o que temos de melhor. Tomam nossas terras e rebanhos. Agarram nossos jovens e os mandam morrer em guerras distantes. Abençoado seja nosso amo, Cedric, que é o mais bravo dos saxões.

Vendo que o rebanho fora reunido pelo cão, Gurth sorriu:

– Muito bem, Fangs, agora que puseste os fedorentos em ordem, vamos embora!

De repente, escutando um ruído distante, o tratador dos porcos perguntou:

– Que barulho será esse, Wamba?

– Ora, é o som típico do bater das patas de cavalos contra o solo duro. Acho que cavaleiros estão se aproximando velozmente daqui.

– Sim, escutei as patadas dos cavalos. Mas ouvi também, um pouco mais distante, algo que parece ser o ronco de trovões. Vamos logo embora, antes que a tempestade desabe sobre nosso lombo.

Lado a lado, atrás do rebanho, os dois se puseram a caminhar a passos largos.

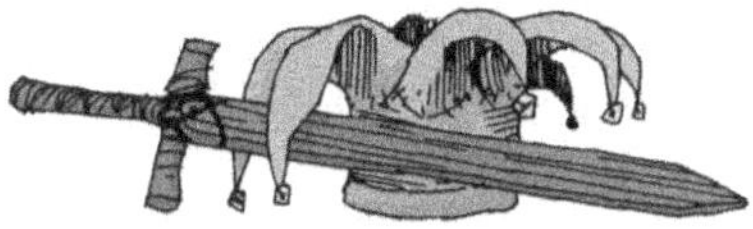

3
ATÉ O FIM DO MUNDO

UM POUCO ADIANTE, Wamba e Gurth foram alcançados por um grupo de dez cavaleiros. Os dois que vinham à frente, muito bem trajados, eram sem dúvida os mais importantes.

Um deles, um gorducho de rosto sorridente e amável, montado numa mula ricamente ornamentada, era o prior da abadia de Jorvaulx, conhecido tanto pela generosidade com que tratava os pobres como pelo seu amor aos pratos e copos cheios.

O outro homem, alto e forte, de aproximadamente quarenta anos, tinha um rosto duro bronzeado pelo sol. Seu bigode negro e seu olhar ainda mais negro impunham medo e respeito. Parecia disposto a entrar em luta corporal por qualquer motivo. Vestia um traje vermelho, enfeitado no ombro por uma cruz branca. Era um integrante da Ordem dos Templários, cavaleiros que tinham como meta defender os cristãos em viagem de peregrinação à Terra Santa. Certamente ele havia lutado nas Cruzadas pois usava luvas de ferro e trazia as pernas protegidas por uma espécie de bota feita com pequenas placas de aço. Cavalgava uma mula a fim de não cansar seu cavalo de batalha, que vinha atrás puxado por um escudeiro. Entre os escudeiros, dois de rosto moreno e vestimentas e armas exóticas eram orientais.

– Deus vos abençoe, meus filhos! – disse o prior. – Como se vai daqui à casa de Cedric de Rotherwood?

– Segui por esta estradinha até achardes uma encruzilhada – respondeu Wamba. – Chegando lá, dobrai à esquerda. Mas apressai-vos para que a tempestade não vos surpreenda pelo caminho!

Os cavaleiros partiram a galope.

Sorrindo ironicamente, Gurth comentou:

– Se pegarem o caminho que indicaste, Wamba, eles jamais chegarão a Rotherwood.

– É verdade – admitiu o bufão. – Seguindo o rumo por mim recomendado, eles irão até o fim do mundo sem jamais encontrar a casa de nosso amo.

– Fizeste bem em enganá-los. Se nosso amo se encontrasse com aquele arrogante cavaleiro do bigode negro, certamente eles se desentenderiam.

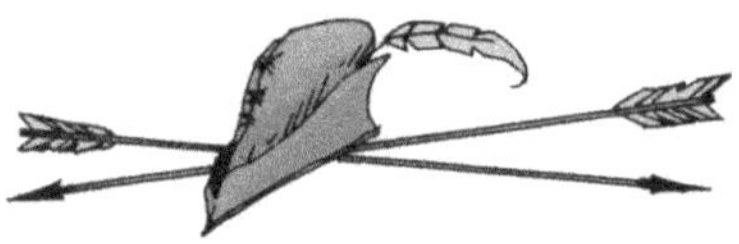

4
O PEREGRINO

AO CHEGAR à encruzilhada, o prior levou a mão à cabeça:

– Puxa, não lembro mais qual direção devemos tomar!

Um dos escudeiros aproximou-se de um homem vestido como peregrino que dormia junto a uma cruz ao lado da estrada, cutucou-o com a ponta da lança e perguntou:

– Para que lado fica a casa de Cedric de Rotherwood?

– Se tivesse um cavalo, eu vos levaria até lá – respondeu o homem, cujo rosto estava encoberto pelo capuz do seu manto.

– Pois terás montaria – disse o templário e, com um gesto de cabeça, ordenou aos escudeiros que cedessem um cavalo para o desconhecido.

– Quem és tu, meu filho? – indagou o prior.

– Sou um peregrino que acaba de chegar da Terra Santa.

Puseram-se a caminho. Como o peregrino parecia conhecer aquelas trilhas como a palma de sua mão, pouco depois chegaram ao castelo de Cedric. Diante da ponte levadiça, que conduzia ao interior da construção, um escudeiro tocou sua corneta anunciando a chegada da comitiva.

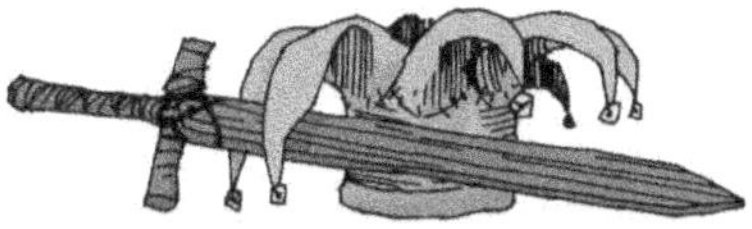

5
HOSPITALIDADE NÃO SE NEGA

NO SALÃO PRINCIPAL de seu castelo, Cedric de Rotherwood estava contrariado com o atraso da ceia.

– Por que *lady* Rowena não chegou ainda? – perguntou ele à aia.

– Porque está se penteando.

Considerada a mais linda donzela da Inglaterra, Rowena fora criada por Cedric. Como eram parentes distantes, o senhor de Rotherwood fora nomeado tutor da jovem após a morte dos pais dela.

Pouco depois, ouviu-se um toque de corneta e um criado dirigiu-se ao dono do castelo:

– Senhor, o prior Aymer de Jorvaulx e o templário Brian de Bois-Guilbert pedem acolhida.

– Bah, são normandos! – resmungou Cedric, contrariado. Mas acrescentou em seguida: – Bem, na minha casa não se nega hospitalidade a ninguém. Peça a eles que entrem, troquem de roupa e venham cear conosco.

Cedric ouvira falar muito de Brian de Bois-Guilbert. Sabia que era um dos mais valentes cavaleiros da Ordem dos Templários, embora fosse também arrogante e orgulhoso. Como não queria que o templário conhecesse sua pupila, voltou-se para a aia e disse:

– Informe a *lady* Rowena que ela não precisar vir jantar esta noite.

– Ah, mas ela certamente virá – disse a aia. – Ela está ansiosa por saber das últimas notícias sobre a Terra Santa.

– Cala-te, bisbilhoteira! – irritou-se Cedric. – E vai dar logo a ela o meu recado.

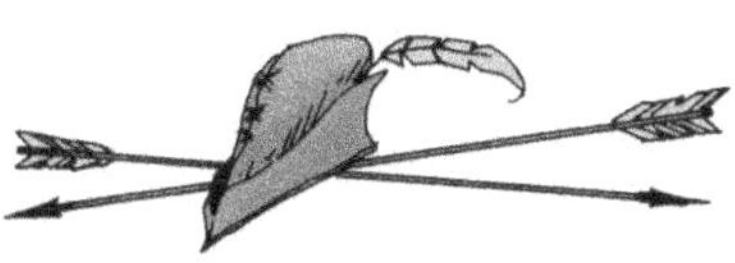

6
O JUDEU

POUCO DEPOIS, com vestes ainda mais elegantes do que as que usavam ao cavalgar, o prior e o templário entraram no salão de Cedric, que os saudou:

– Sede bem-vindos a minha casa. Eu vos falo em anglo-saxão e peço que me respondeis nessa mesma língua. Porém, se quiserdes falar em francês, eu vos compreenderei.

– Falarei em saxão, que era a língua de minha querida vovó – disse o religioso, sorrindo.

– Falo somente em francês! – disse o templário. – Mas compreendo o linguajar da terra.

O mordomo bateu com o bastão no chão e anunciou em voz alta:

– *Lady* Rowena!

Todos se levantaram enquanto a jovem entrava no salão. Alta e delgada, Rowena tinha feições delicadas e um sorriso discreto. Naquela noite, usava ao pescoço um belo colar e muitos braceletes de prata nos braços nus. Sentindo o olhar incendiado de Bois-Guilbert sobre si, ela baixou o véu sobre o rosto.

Quando os empregados começaram a servir a ceia, o templário, com os olhos cravados em Rowena, voltou-se para Cedric:

– Barão de Rotherwood, se quiser nós poderemos acompanhá-lo na viagem que o senhor fará até Ashby para assistir ao grande torneio. As estradas da Inglaterra não são nada seguras.

– Agradeço a generosa oferta, mas irei apenas com meus homens, nos quais confio muito.

Bois-Guilbert levantou-se, ergueu o copo e disse em voz alta:

– Proponho um brinde à beleza de *lady* Rowena!

Feito o brinde, a jovem dirigiu-se ao templário:

– Poderia o cavaleiro nos dar notícias da Palestina?

Antes, porém, que o templário pudesse responder, um servo veio anunciar que um homem estava à porta do castelo pedindo hospitalidade.

– Que entre! – ordenou Cedric. – Mas como se chama ele?

– Isaac de York – respondeu o servo.

O templário reagiu, indignado:

– Não é possível que um não cristão, um judeu, participe da nossa ceia!

Cedric lançou um olhar frio ao seu convidado antes de ordenar:

– Que venha sem demora o recém-chegado!

Alto e magro, o velho Isaac entrou no salão saudando a todos com humildade. Nas mãos, ele girava o gorro amarelo que naquela época os judeus eram obrigados a usar para se diferenciarem dos cristãos.

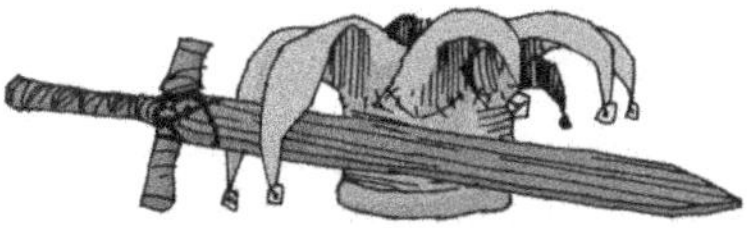

7
A RELÍQUIA E A CORRENTE DE OURO

O PEREGRINO que guiara o prior e o cavaleiro, sentado a uma mesinha próxima à lareira, chamou Isaac para acomodar-se junto dele:

– Vem para cá, meu velho! Aqui, enquanto comes, tu podes secar tuas roupas molhadas e aquecer teus ossos gelados.

Para desfazer a tensão que surgira após as palavras do templário, Cedric ergueu seu copo e propôs um brinde aos homens que lutavam na Terra Santa:

– Bebamos em honra dos mais bravos guerreiros cristãos!

Para provocar o dono do castelo, Bois-Guilbert retrucou:

– Os mais bravos são, sem dúvida, os Cavaleiros do Templo.

– Não haverá entre os cavaleiros ingleses alguém tão corajoso quanto os Cavaleiros do Templo? – indagou Rowena.

Levantando-se bruscamente, mas sem mostrar o rosto, o peregrino disse em voz alta:

– Os cavaleiros saxões estão entre os mais valorosos combatentes de Cristo!

Irritado, o templário levou a mão à espada e resmungou para o prior:

– Se pudesse, eu degolava esse intrometido.

Sorrindo, Cedric voltou-se para o peregrino e indagou:

– Poderias tu nos dizer o nome dos nobres saxões que mais demonstraram bravura nos combates na Terra Santa?

– Os seis principais são o rei Ricardo Coração de Leão, o duque de Leicester, *sir* De Gisland, *sir* Doilly e *sir* Turneham.

– E quem seria o sexto? – perguntou o dono do castelo.

– O sexto é alguém muito jovem – respondeu o peregrino. – É de origem modesta, mas de grande bravura. Não lhe recordo o nome...

– O nome dele é Wilfred de Ivanhoé – disse Bois-Guilbert, visivelmente furioso. – Lutei contra ele, mas, por culpa de meu cavalo, acabei vencido. Se ele aceitasse bater-se comigo no próximo torneio, eu lhe concederia a vantagem de escolher as armas.

– Se estivesse por aqui, ele certamente aceitaria esse desafio – retrucou o peregrino.

– Que garantia tu nos dás do que estás falando? – quis saber o templário.

O peregrino retirou do peito uma caixinha de marfim:

– Aqui dentro há um pedaço da cruz de Cristo. Essa relíquia santa é o que possuo de mais valioso. Eu a dou como garantia do que afirmei: Ivanhoé aceitará enfrentar-vos.

Irritado, o templário arrancou a grossa corrente de ouro que trazia ao redor do pescoço e a lançou sobre a mesa:

– Peço ao prior que guarde minha joia e a relíquia santa do peregrino. Se retornar da Palestina, Ivanhoé terá de aceitar meu desafio. Se fugir do combate, seu nome será inscrito em todos os muros da Inglaterra ao lado da palavra "covarde".

– Não se preocupe – disse Rowena ao cavaleiro. – Quando retornar, Ivanhóe certamente aceitará o desafio que o senhor lhe fez.

– A relíquia e a corrente serão guardadas por mim até que se realize o combate – disse o prior e levantou-se. – Mas, paremos de falar em lutas! Vamos, agora, erguer mais um brinde à beleza, ou seja, um brinde a *lady* Rowena!

8
INFORMAÇÕES SOBRE IVANHOÉ

QUANDO TODOS já estavam recolhidos aos seus aposentos, a aia de Rowena foi até o quarto onde se encontrava o peregrino e disse a ele que sua ama queria falar-lhe a sós.

Sempre de cabeça baixa, com o capuz escondendo-lhe o rosto, o peregrino acompanhou a mulher até a saleta onde se encontrava Rowena, que perguntou:

– Poderias me dar alguma notícia de Ivanhóe?

– Disseram-me que foi ferido em combate na Palestina. Mas recuperou-se e partiu em direção à Inglaterra.

– Que bom! Aliás, seria ótimo se ele voltasse a tempo de participar do torneio de Ashby.

Rowena estendeu ao peregrino uma moeda:

– Aceita isto como pagamento por suas informações.

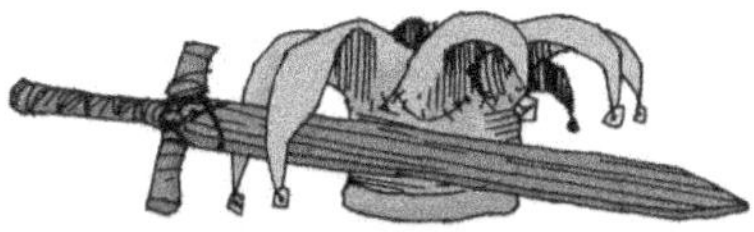

9
CAVALO, ESCUDO E ARMAS

AO AMANHECER do dia seguinte, o peregrino foi ao quarto onde Isaac de York fora alojado e o acordou com alarde:

– Deves fugir imediatamente! Tua vida está em perigo!

– Por quê? Quem faria mal a um pobre homem como eu?

– Ontem à noite, ouvi o templário mandar seus escudeiros te prenderem, hoje, assim que chegares à estrada. Eles pretendem cobrar um alto resgate para libertar-te. Mas não te preocupa. Eu te levarei pelo meio da floresta.

O peregrino então passou ao quarto de Gurth e ordenou:

– Abre a porta falsa do castelo que eu vou partir com o senhor Isaac.

– De jeito nenhum! – reagiu o porqueiro. – Como todos os outros, terás de esperar pela abertura do portão principal.

Passando o braço em torno do pescoço do guardador de porcos, o peregrino murmurou em seu ouvido algumas palavras em anglo-saxão.

Impressionado com o que ouvira, trêmulo, Gurth abriu imediatamente a porta secreta. E, comovido, beijou a mão que o peregrino lhe estendeu em despedida.

Depois de cavalgar por um bom tempo por uma estreita trilha que cortava a floresta, o peregrino e Isaac chegaram a uma bifurcação.

– Daqui em diante, preciso seguir sozinho – disse o peregrino.

– Espera um pouco. Eu quero te dar uma recompensa por teres me avisado do sequestro. Pelo que sei, precisas de cavalo, armadura e armas...

Espantado, o peregrino perguntou:

– Foi o diabo quem te deu tal informação?

Isaac sorriu:

– Não. Por baixo de tuas modestas roupas de peregrino, eu vi que possuis esporas de ouro, das que são usadas apenas pelos cavaleiros. Concluí, então, que te faltam cavalo, escudo e armas...

Rapidamente, Isaac escreveu em hebraico algumas linhas num pedaço de pergaminho, que passou às mãos do peregrino:

– Vai até a cidade de Leicester e procura por um homem chamado Kirgath. Ele é muito rico, dispõe de muitas armaduras e cavalos. Entrega este bilhete a ele, e tudo de que precisas para participar do torneio de Ashby te será emprestado.

– Muito obrigado – disse o peregrino, comovido. – Um dia eu te pagarei esse favor.

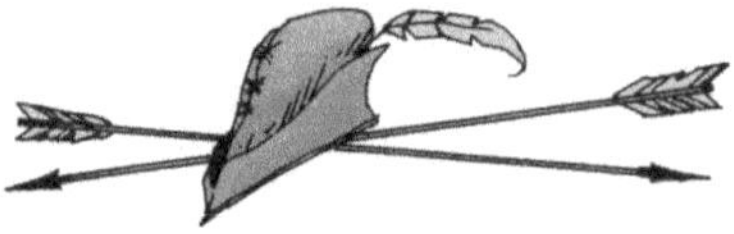

10
DEFENSORES CONTRA DESAFIADORES

O MAIS IMPORTANTE torneio da Inglaterra, em Ashby, era realizado em dois dias. No primeiro, os cavaleiros mais destacados se enfrentavam até que restasse um só ganhador. No segundo, havia uma espécie de batalha campal entre todos os cavaleiros e ainda uma disputa entre arqueiros.

Os combates seriam realizados em uma grande área retangular, em volta da qual havia arquibancadas cobertas, destinadas aos nobres. Num alto palanque ficaria o príncipe João. Num palanque menor, vazio, via-se a seguinte inscrição: "Rainha da Beleza e dos Amores". As pessoas mais humildes se espalhavam pelos morros que cercavam a área, de onde, aliás, teriam ótima visão das lutas.

Ao sentar-se no trono que lhe fora destinado, o príncipe João levou a mão à testa e murmurou:

– Esqueci-me de eleger a Rainha da Beleza e dos Amores!

Lembrando-se de uma moça belíssima que vira pouco antes, perguntou aos que o cercavam:

– Que tal se eu indicasse Rebeca, a filha de Isaac?

– Não, não e não! – responderam os nobres em coro, indignados, porque queriam que a indicada fosse uma jovem cristã.

– Pensando bem, é melhor deixar a escolha para o próprio vencedor – ponderou o príncipe. – Sim, sim, aquele que vencer a disputa de hoje indicará a Rainha da Beleza e dos Amores.

Numa das extremidades do campo de combate haviam sido montados os cinco pavilhões dos principais cavaleiros, que eram chamados de "defensores". O mais luxuoso pavilhão pertencia a Brian de Bois-Guilbert.

Soaram as cornetas e dezenas de cavaleiros ricamente vestidos atravessaram o palco da luta e foram até os pavilhões dos defensores. Com a ponta da lança, cada um desses homens – chamados "desafiadores" – indicou a bandeira do cavaleiro que desejava enfrentar.

Para o primeiro combate, alinharam-se, de um lado, os cavaleiros defensores e, na outra extremidade do campo, os cinco primeiros desafiadores.

Quando as cornetas foram sopradas, os dez cavaleiros, de lança em riste, atiçaram seus cavalos e lançaram-se uns contra os outros.

Nesse primeiro choque, saíram vencedores os defensores, que eram todos normandos: Brian de Bois-Guilbert, Reginaldo Testa de Boi, Filipe Malvoisin, Grandmesnil e o Cavaleiro de São João.

Logo depois, alinharam-se cinco outros desafiadores. De novo soaram as cornetas e ouviu-se o galope seguido do estrondo causado pelo encontro entre lanças e escudos. Nesse segundo embate, os desafiadores tiveram a mesma sorte dos primeiros: foram derrotados pelos defensores.

Vieram mais cinco desafiadores e foram igualmente batidos. Apresentaram-se mais cinco e nenhum deles conseguiu vencer o defensor que havia escolhido como adversário.

Um forte murmúrio começou a se espalhar. As pessoas do povo resmungavam, contrariadas, porque não tinham simpatia pelos defensores normandos. Aliás, dois deles, Brian de Bois-Guilbert e Reginaldo Testa de Boi, os mais arrogantes, eram odiados pela multidão.

Terminados os combates, o príncipe João preparava-se para entregar o prêmio ao grande vencedor do dia – Bois-Guilbert –, quando um toque de corneta anunciou a presença de mais um desafiador.

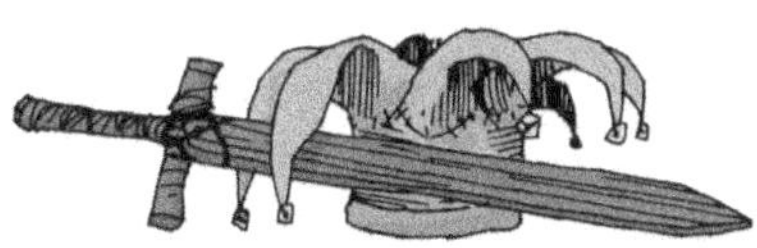

11
O CAVALEIRO DESERDADO

AS PESSOAS VOLTARAM os olhos para um cavaleiro que, montado num magnífico cavalo negro, atravessou lentamente o campo de batalha. Não se podia ver-lhe o rosto porque tinha a viseira baixada sobre o elmo. O povo já o apelidara de "Cavaleiro Deserdado" porque no seu escudo fora desenhado um tronco de árvore com as raízes à mostra, sob o qual estava escrita a palavra "deserdado".

Sob aplausos da plateia, o cavaleiro desconhecido se deteve diante de Bois-Guilbert, tocou-lhe o escudo com a ponta da lança e disse em voz alta:

– Eu te desafio para um combate que só acabará com a morte de um de nós.

– Por que arriscas tua vida? – perguntou o templário, sorrindo ironicamente. – Por acaso, pensas contar com a ajuda do teu anjo da guarda?

– Preocupa-te contigo! – retrucou o Deserdado. – Aliás, deverias escolher outro cavalo e arranjar uma nova lança porque agora vais enfrentar um inimigo mais bem preparado.

Os dois assumiram suas posições nas extremidades do campo. As cornetas explodiram e eles partiram a toda. Quando as lanças se cruzaram violentamente, os dois cavaleiros vacilaram sobre as selas, mas nenhum foi ao chão. O povo aplaudiu com entusiasmo porque só mesmo homens muito ágeis e fortes conseguiriam permanecer montados depois daquele tremendo choque.

Os combatentes voltaram a seus postos e, após um sinal do príncipe, lançaram-se mais uma vez um contra o outro. A lança de Bois-Guilbert atingiu o escudo do Cavaleiro Deserdado com tanto vigor que ele quase caiu do cavalo. Mas, mesmo desequilibrado, ele conseguiu golpear o elmo do templário, que caiu ao chão.

Levantando-se rapidamente, Bois-Guilbert sacou a espada e avançou para o adversário, que saltou do cavalo, já de espada em punho. Porém, os dois cavaleiros não chegaram a trocar uma só estocada porque a luta foi interrompida pelos juízes, que se interpuseram rapidamente entre eles, segurando-os. Não estava previsto o combate a espada.

– Da próxima vez, não haverá quem aparte! – gritou o arrogante templário. – E minha espada achará, entre teus ossos, um caminho para o teu coração!

– Com lança ou espada, a cavalo ou a pé, estarei sempre à tua disposição!

Ao perceber pelo sotaque que o Deserdado era um saxão, o povo o aplaudiu intensamente.

Enquanto Bois-Guilbert era retirado da arena, o Deserdado – considerado o ganhador da luta – montou e galopou até os pavilhões e lá, com a ponta de sua lança, desafiou os outros quatro cavaleiros defensores. Foram, então, realizados quatro combates e em todos eles, já no primeiro ataque, o Cavaleiro Deserdado sagrou-se vencedor. Ao final, os juízes se aproximaram do ganhador e pediram-lhe que levantasse a viseira e mostrasse o rosto, mas ele se recusou.

Mesmo irritado com aquele desconhecido que havia derrotado os melhores cavaleiros normandos, o príncipe João concedeu-lhe como troféu um magnífico cavalo e disse:

– Peço-te agora que indiques a jovem que, amanhã, entregará o prêmio ao grande vencedor do torneio.

Carregando na ponta de sua lança a coroa de cetim, que seria usada pela Rainha da Beleza e dos Amores, o cavaleiro percorreu sem pressa a arena. Quando viu Rowena, imediatamente colocou a coroa no chão diante dela.

As cornetas soaram e o arauto anunciou em voz alta:

– A escolhida é *lady* Rowena!

As damas normandas, que eram maioria nos palanques, protestaram furiosas, enquanto o povo saudava a decisão com gritos de alegria:

– Viva Rowena! Viva a princesa saxã!

O Cavaleiro Deserdado retirou-se para descansar numa tenda. Lá estava à sua espera o tratador de porcos de Cedric.

– Até aqui, acho que me saí bem, Gurth – disse o cavaleiro.

– Muito melhor me saí eu, disfarçando-me com vestes de escudeiro.

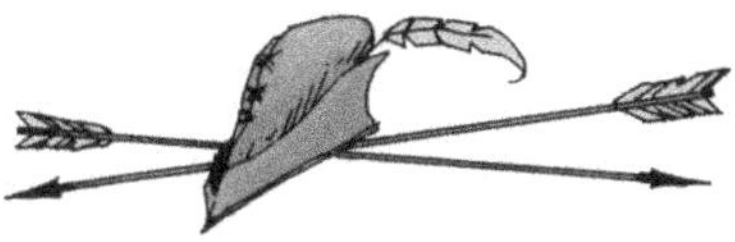

12
O CAVALEIRO NEGRO

O DIA SEGUINTE nasceu ensolarado.

De cada lado da arena estavam alinhados cinquenta cavaleiros. Um grupo obedecia ao comando de Bois-Guilbert e o outro era chefiado pelo Cavaleiro Deserdado.

Quando soaram as cornetas, as duas linhas, com seus comandantes ao centro, lançaram-se uma contra a outra. O embate entre os dois grupos de homens armados de lanças e protegidos por escudos gerou um estrondo que foi ouvido longe dali. Quando a poeira baixou, viu-se que metade dos lutadores estava caída por terra. Uns levantaram-se e voltaram a montar, mas os mais feridos foram retirados para serem socorridos.

Mais uma vez formaram-se duas linhas. Quando correram para o segundo confronto, os cavaleiros pareciam ainda mais decididos. Houve um choque tremendo e mais homens foram jogados ao chão, alguns gravemente feridos.

Após o terceiro encontro, o número de combatentes ficou bem menor. Isso permitiu que o Cavaleiro Deserdado e o templário se aproximassem para o confronto direto. Sem dúvida, eles eram os mais hábeis e destemidos cavaleiros daquele torneio.

No quarto combate, aproveitando-se de um momento em que o Cavaleiro Deserdado trocava golpes com o templário, o gigantesco Reginaldo Testa de Boi – o mais alto e mais forte dos defensores normandos – resolveu atacá-lo pelas costas. Porém, quando ele esporeou seu cavalo, os homens do povo gritaram em conjunto:

– Atenção, Deserdado! Cuidado com o traidor!

Ao ouvir aqueles gritos, o Cavaleiro Deserdado, com um rápido movimento de rédeas, mudou a posição de seu cavalo, escapando assim de receber uma lançada de Testa de Boi. No entanto, mesmo livrando-se daquele golpe, sentiu que acabaria sendo vencido porque enfrentava dois grandes lutadores.

Foi aí que um combatente – com escudo e vestes pretas, a quem o povo logo nomeou Cavaleiro Negro – se pôs ao seu lado e lhe disse:

– Conta comigo!

Logo em seguida, ao perceber que Reginaldo Testa de Boi mais uma vez se preparara para um ataque covarde, o Cavaleiro Negro o jogou ao chão com um golpe certeiro de lança. Ao mesmo tempo, o Deserdado acertava com força o centro do escudo de Bois-Guilbert, empurrando-o para trás. Esgotado, o cavalo do templário foi ao solo, levando junto seu cavaleiro, que não conseguiu retirar a tempo o pé do estribo.

De espada em punho, o Deserdado saltou ao chão e gritou:

– Reconheça em voz alta que foi derrotado!

Antes, porém, que o templário abrisse a boca, o príncipe João jogou seu bastão de comando na arena, interrompendo o combate. Novamente os juízes entraram em campo para separar os lutadores.

Ainda mais contrariado do que no dia anterior, o príncipe teve que proclamar o Cavaleiro Deserdado como o grande vencedor do torneio.

A cerimônia de premiação seria no centro da arena. Rowena dirigiu-se para lá a fim de entregar a coroa ao ganhador. Quando ela ergueu as mãos com a coroa, alguém veio por trás do Deserdado e retirou-lhe bruscamente o elmo.

Rowena quase desmaiou ao reconhecer aquele rosto bronzeado, mas, com enorme sacrifício, controlou-se. O belo rapaz que estava diante dela era Ivanhoé, o homem que ela amava apaixonadamente. Para não revelar a identidade do Deserdado, ela disse com voz tremida:

– Bravo cavaleiro, receba este prêmio por sua brilhante vitória!

Ivanhoé apanhou a coroa, inclinou-se, beijou a mão de Rowena e, sem dizer palavra, caiu ao chão, desmaiado.

Cedric de Rotherwood, que havia se aproximado pois reconhecera seu filho, ajoelhou-se ao lado dele e viu – quando lhe removeram a armadura – que havia uma ponta de lança cravada em seu peito.

Horrorizado, ele pensou em mandar seus empregados cuidarem imediatamente de Ivanhóe, mas nada falou para que as pessoas em volta não soubessem que o jovem ferido era seu filho, aquele que ele deserdara porque havia partido para as Cruzadas sem lhe pedir autorização.

Rapidamente, Ivanhoé foi carregado para uma tenda a fim de ser medicado.

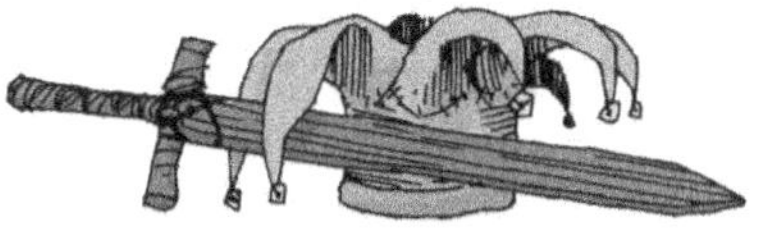

13
O ARQUEIRO FANFARRÃO

SOARAM EM SEGUIDA as cornetas anunciando a competição entre os arqueiros. O alvo foi colocado na extremidade oposta à dos arqueiros. Eram dez competidores e cada um deles lançaria três flechas. Os participantes eram todos homens do povo, na maioria guardas-florestais ou caçadores.

Depois de vários disparos, restaram apenas dois na disputa: o guarda-florestal Hubert e um homem que se vestia todo de verde, chamado Locksley. Na prova final, eles atirariam suas flechas intercaladamente.

Ao lado dos arqueiros, sorrindo com ironia, o príncipe João perguntou a Locksley:

– Não estaria na hora de desistires?

– Ainda não.

Depois de fazer pontaria por muito tempo, Hubert disparou uma flecha que quase atingiu o centro do alvo.

– Não prestaste atenção ao vento – disse Locksley, brincalhão. – Embora invisível, ele existe e muda o trajeto das flechas.

A flecha que Locksley lançou a seguir ficou ainda mais próxima do centro do alvo.

Hubert fez então seu segundo disparo, que atingiu o alvo em cheio.

Empolgado, o príncipe João dirigiu-se a Locksley:

– Faze melhor, se puderes, fanfarrão!

Sem retrucar, o arqueiro vestido de verde disparou uma flecha que partiu a de Hubert pelo meio.

– Uh! – Um sussurro de assombro atravessou a plateia.

Pela regra, cabia a Locksley escolher o alvo para o último tiro. Assim, ele foi até uma árvore e cortou dela um galho bem fino, que enterrou no chão.

– É impossível acertar esse alvo – disse Hubert, baixando o arco. – A vara não para de tremer. Mais fácil para mim seria acertar o centro do sol.

Lançando uma rápida olhada para o alvo, Locksley distendeu seu arco e soltou uma flecha que cortou a vara ao meio.

Os camponeses explodiram numa comemoração barulhenta.

O príncipe João entregou um saco com moedas de ouro ao vencedor e perguntou-lhe:

– Quanto queres para trabalhar na minha guarda pessoal?

– Agradeço o convite – respondeu o arqueiro. – Mas não posso trabalhar para o senhor porque jurei defender apenas seu irmão, o rei Ricardo Coração de Leão.

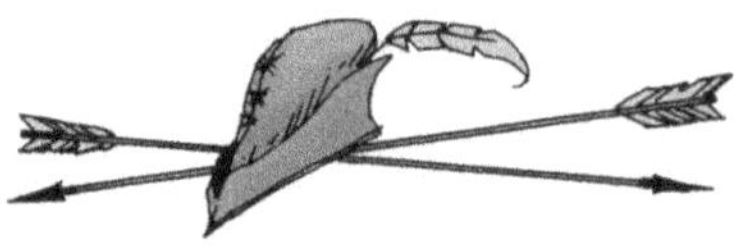

14
O ASSALTO DOS ARQUEIROS VERDES

CONCLUÍDA A PROVA de arco e flecha, Cedric de Rotherwood chamou dois de seus servos e disse a eles:

– Coloquem Ivanhoé discretamente em uma carroça e o levem à cidade para que ele seja tratado pelos melhores médicos.

Minutos depois, os servos voltaram:

– Ivanhóe partiu, senhor! Foi levado na liteira de uma bela jovem que assistia ao torneio.

– Vamos atrás deles! – disse Cedric. – Que todos da minha comitiva montem imediatamente!

Rowena, Cedric e seus servos logo partiram a galope. Mal eles haviam percorrido uns poucos quilômetros quando encontraram Isaac de York e sua filha Rebeca parados à beira da estrada, muito assustados. Ao lado deles havia uma liteira.

– O que aconteceu? – perguntou Cedric.

– Fomos abandonados pelos homens da nossa escolta – respondeu Isaac. – Quando souberam que há muitos assaltantes nesta floresta, eles fugiram levando nosso dinheiro e nossas mulas.

– Quem está na liteira?

– Uma pessoa da minha família – respondeu Isaac.

– Precisamos partir já – disse Cedric. – Estamos com muita pressa.

– Não nos abandone aqui, senhor – implorou o judeu.

Nesse instante, Rebeca aproximou-se de Rowena e falou em voz baixa:

– Na verdade, o ferido que transportamos é alguém muito querido por todos, inclusive pela senhorita.

Antes que Rowena dissesse algo, vários homens encapuzados – vestindo trajes verdes – saíram da floresta empunhando espadas e arcos e gritando:

– Quietos todos! Rendam-se!

Com um murro, Cedric derrubou o primeiro assaltante que se aproximou dele e, com uma rasteira, mandou de uma só vez mais dois deles ao chão. Mas acabou sendo dominado pelos bandidos, que eram numerosos.

Wamba cutucou Gurth:

– Vamos fugir, amigo. Livres, nós poderemos achar um jeito de libertar nosso senhor. Presos, não serviremos para nada.

Aproveitando um descuido dos assaltantes, os dois servos de Cedric correram a toda em direção à floresta, mas não foram perseguidos, pois os assaltantes estavam ocupados em amarrar as mãos dos prisioneiros.

Mal haviam avançado cinquenta metros quando depararam com o arqueiro que vencera o torneio. Wamba resolveu pedir ajuda a ele:

– Senhor, fomos assaltados por homens que se vestiam exatamente como ervilhas. Quero dizer, homens que se vestiam inteiramente de verde, como o senhor se veste. Mas eles estavam encapuzados. O senhor poderá vê-los se for até a estrada.

– Esperem aqui! – ordenou Locksley, intrigado. – Vou dar uma olhada.

15 NA CABANA DO FRADE

O ARQUEIRO CORREU até uma grande árvore na orla da floresta e, escondido atrás do tronco, pôde ver que os encapuzados se afastavam conduzindo presos Cedric, Isaac e aqueles que os acompanhavam.

Locksley voltou até onde estavam Wamba e Gurth:

– Os bandidos são realmente numerosos. Precisaremos de ajuda para libertar nossos amigos. Venham comigo!

Em silêncio, a passos largos, eles caminharam por mais de uma hora pela floresta até chegarem a uma grande clareira, onde encontraram cinco arqueiros.

– Soldados normandos, disfarçados com roupas iguais às nossas, aprisionaram Cedric e sua gente – disse Locksley. – Acho que eles vão levá-los ao castelo de Reginaldo Testa de Boi. Precisamos reunir o máximo de guerreiros que pudermos para libertá-los.

– Faremos isso imediatamente – disse um dos homens.

– Onde está o frade? – perguntou Locksley.

– Na cabana – respondeu alguém.

Acompanhado por Wamba e Gurth, o arqueiro encaminhou-se para a clareira onde o frade construíra uma casinha de madeira à beira de um regato.

Chegando lá, eles foram surpreendidos por uma alegre cantoria que vinha do interior da pequena construção. Locksley bateu à porta, que logo foi aberta por um homem alto e forte, enfiado num hábito de frade, que os convidou a entrar. Dentro da cabana, ao ver que havia um desconhecido sentado à mesa, o arqueiro perguntou ao religioso:

– Quem é o teu alegre companheiro de cantoria?

– É um amigo, claro. Se fosse inimigo, não estaria aqui.

Em voz firme, Locksley o advertiu:

– Pelas nossas regras, não poderias acolher em tua cabana um desconhecido...

– Desconhecido? – riu o frade. – Não, não. Eu o conheço mais do que um mendigo conhece a própria tigela. Ele é... *sir* Anthony, *sir* Anthony de Scrabelstone.

Reconhecendo as vestes negras do homem, o arqueiro indagou:

– Por acaso não és aquele a quem o povo chamou de Cavaleiro Negro, aquele que protegeu o Deserdado do ataque traiçoeiro do Testa de Boi?

– Sim.

Sorrindo, o arqueiro estendeu a mão:

– Graças a ti, os ingleses derrotaram os normandos no torneio de Ashby.

Apertando a mão de Locksley, o Cavaleiro Negro disse:

– Vejo no teu rosto sinais de preocupação. O que aconteceu?

– Faz pouco, inúmeros bandidos sequestraram *sir* Cedric e sua pupila Rowena, que neste momento estão sendo levados como prisioneiros ao castelo do Testa de Boi. Nós vamos salvá-los. Vens conosco?

– Certamente.

O frade retirou o hábito e todos puderam ver que ele vestia, por baixo, roupas iguais às de Locksley. Com presteza, o religioso atravessou nas costas o arco e a aljava cheia de flechas e apanhou um escudo.

– Em frente, meus amigos – comandou Locksley, e todos se puseram a caminhar.

16
REGINALDO TESTA DE BOI

EXATAMENTE COMO PREVIRA Locksley, os prisioneiros foram levados pelos sequestradores ao castelo de Torquilstone, que pertencia a Reginaldo Testa de Boi.

Lá, Isaac de York foi conduzido à masmorra, aonde pouco depois chegou o dono do castelo, seguido de dois servos. Assim que um dos servos colocou no chão uma balança, o gigantesco Testa de Boi falou:

– Quando o marcador indicar quinhentos quilos de prata, tu serás libertado.

– Quinhentos quilos de prata? – espantou-se Isaac. – Mesmo se derretesse todas as joias do rei, eu não conseguiria essa meia tonelada!

– Se faltar prata, poderás completar com ouro – disse Testa de Boi, rindo cruelmente. – Como um quilo de ouro equivale a seis quilos de prata, acabarás economizando no peso.

– O que me falta, senhor, são amigos que me ajudem a pagar esse resgate.

– Queres bancar o engraçadinho? – perguntou o dono do castelo ao mesmo tempo que apontava para um canto. – Estás vendo aquele forno? Mandarei aquecê-lo. Quando ele estiver pronto para assar cem pães, eu te meterei dentro dele.

– Perdão, senhor! Eu pagarei o resgate. Permita que minha filha Rebeca vá à cidade de York, onde ela arranjará a prata com meus amigos...

– O quê? – surpreendeu-se o grandalhão. – Rebeca é tua filha? Ora, julgando que ela fosse tua escrava, eu a dei de presente ao templário Brian de Bois-Guilbert.

Lançando um grito de desespero, Isaac caiu de joelhos:

– Eu pago o que for preciso, senhor, mas me devolva minha filha!

– Acendam o forno! – comandou o dono do castelo.

Nesse instante, as cornetas soaram com insistência. Em seguida, aos gritos, pessoas reunidas no pátio do castelo começaram a chamar por Reginaldo Testa de Boi.

– Esperem – disse ele aos servos. – Mais tarde teremos tempo para cuidar deste assado...

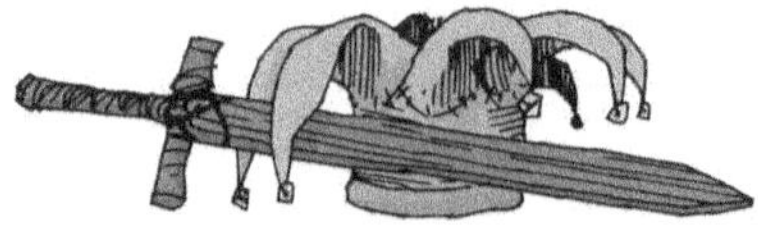

17
MAURÍCIO DE BRACY

APÓS TROCAR AS ROUPAS verdes que usara no assalto por um traje elegante, o cavaleiro normando Maurício de Bracy dirigiu-se ao aposento onde se encontrava instalada Rowena. Curvou-se diante da jovem e disse:

– Salve a mais linda donzela desta terra!

– Carcereiro, posso saber por que estou presa aqui?

– Estás enganada, senhorita. Eu não sou o carcereiro. Na verdade, eu sou o prisioneiro. Prisioneiro de tua imensa beleza.

– O senhor é um bandido!

– Sim, é possível que o amor tenha me transformado num criminoso.

– Não deboche. O senhor é um covarde.

– Senhorita, saiba que só sairá daqui caso aceite se casar com Maurício de Bracy, que sou eu. Casando-se comigo, a senhorita deixará para trás seus amigos saxões e suas varas de porcos.

– Jamais! Moro desde pequena em Rotherwood, que considero minha verdadeira casa. Pretendo ficar lá...

Sorrindo com ar irônico, o cavaleiro a interrompeu:

– A senhorita fala assim porque pensa que um dia será a esposa de Wilfred de Ivanhoé, filho de Cedric. Pois fica sabendo que o teu querido Ivanhoé está preso neste castelo. Aliás, se o Testa de Boi souber que ele está aqui, mandará decapitá-lo na mesma hora.

– Mentira!

– Mentira? A senhorita lembra-se da liteira que era trazida pelos homens da escolta de Isaac e sua filha? Pois bem, dentro dela vinha deitado o seu Ivanhoé. Bastante ferido, é verdade. Aliás, ele está tão fraco que o Testa de Boi poderia matá-lo com um só tabefe.

Nesse momento, as cornetas soaram com tanta força que Maurício de Bracy saiu às pressas em direção ao pátio do castelo para descobrir o que anunciavam aqueles toques.

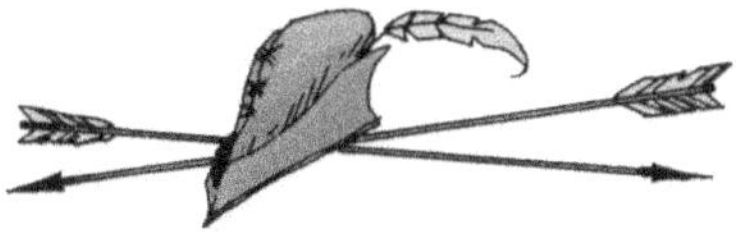

18
PREFIRO MORRER

POUCO DEPOIS de ser instalada em Torquilstone, Rebeca viu entrar em seu quarto um homem muito alto, de ombros largos, que ela reconheceu como um dos líderes do bando que os sequestrara.

– O senhor quer as minhas joias? – perguntou a moça, assustada, fazendo menção de livrar-se das pulseiras e do colar.

– O único bem teu que eu poderia aceitar, senhorita, seria o teu coração, o teu amor – disse em francês Brian de Bois-Guilbert.

– Ah, o senhor é normando!

– Ao contrário de roubar tuas joias, senhorita, eu gostaria de cobrir-te dos pés à cabeça com as mais belas pérolas e diamantes.

– O senhor não pode me amar! Sou judia e o senhor é cristão. Nossas religiões não permitem que nos casemos.

– Não pensei exatamente em casamento, senhorita. Aliás, não posso casar-me. Sou um templário. As regras da minha ordem de cavalaria me impedem de casar.

– O senhor é nojento – disse Rebeca e correu até a janela aberta. – Se tentar se aproximar de mim, eu saltarei. Prefiro morrer...

Nesse momento, os toques de corneta soaram com tanta urgência que o templário se sentiu obrigado a deixar o quarto. Mas, da porta, ele voltou-se e, ameaçador, anunciou:

– Em breve nos veremos.

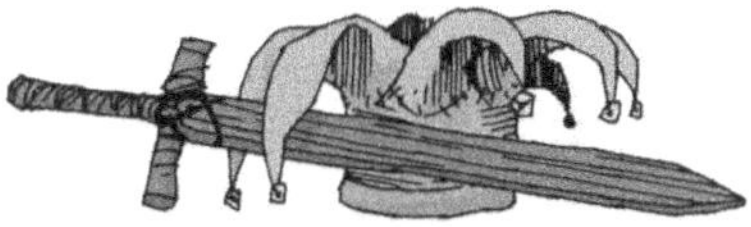

19
UMA CARTA

AS CORNETAS SOAVAM com grande estridência para anunciar duas notícias importantes. A primeira delas era que, das torres de vigia, os sentinelas de Torquilstone haviam percebido que homens armados cercavam o castelo. A segunda era que chegara uma mensagem dos atacantes.

Rapidamente, os moradores do castelo reuniram-se no pátio central para escutar a leitura da carta pelo templário, que a traduziu do anglo-saxão para o francês:

Eu, Wamba, bufão, e meu companheiro Gurth, guardador de porcos, exigimos a libertação imediata de nosso amo Cedric e de sua pupila Rowena, do senhor Isaac e de sua filha Rebeca, e de todos os demais seres humanos que foram covardemente sequestrados. Obviamente, exigimos também que sejam devolvidos todos os bens roubados das pessoas acima referidas. Sabemos que o chefe desse bando de ladrões e sequestradores é um sujeitinho muito covarde chamado Reginaldo Testa de Boi.

Brian de Bois-Guilbert e Maurício de Bracy caíram na gargalhada ao final da leitura, mas o dono do castelo, furioso, comentou:

– Logo esses vagabundos vão descobrir que ri melhor quem ri por último. Vou pedir ajuda a meus amigos de York, para que ataquem essa corja por trás.

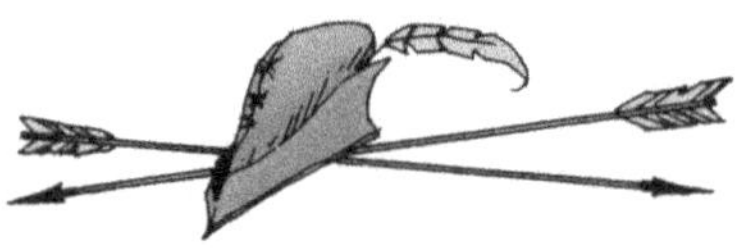

20
UM ESPIÃO

O TEMPLÁRIO ESCREVEU em francês a curta resposta que lhe foi ditada pelo dono do castelo:

Eu, o cavaleiro Reginaldo Testa de Boi, não aceitarei uma provocação feita por palhaços e porqueiros. Se vocês tentarem assaltar o castelo, matarei todos os reféns. Por falar em morte, mandem-nos um padre porque temos algumas pessoas gravemente feridas que necessitam de conforto religioso.

Essa carta chegou logo às mãos de Wamba e de Gurth, que não sabiam ler nem em francês nem em nenhuma outra língua falada no universo. Como entre os que cercavam o castelo só o Cavaleiro Negro soubesse ler francês, coube a ele traduzir a carta. Quando ele concluiu a leitura, Locksley disse:

– Tive uma ideia! Vamos mandar ao castelo um espião disfarçado de padre.

– Belíssima ideia! – comentou Wamba. – Desde que, é claro, eu não seja o escolhido.

– Todos aqui são pessoas sérias e sensatas – ponderou Gurth. – Menos Wamba, que é um grande mentiroso. Portanto, cabe a ele fingir-se de padre.

– Quando garoto, eu pensei em seguir a carreira religiosa – disse o bobo. – Até decorei umas expressões latinas: *vade mecum, modus vivendi, omnia vincit amor, per capita, persona non grata, panem et circenses, sine qua non...*

– Wamba, quando entrares no castelo, observa bem a posição dos defensores – ordenou o Cavaleiro Negro. – O sucesso do nosso ataque dependerá das tuas informações.

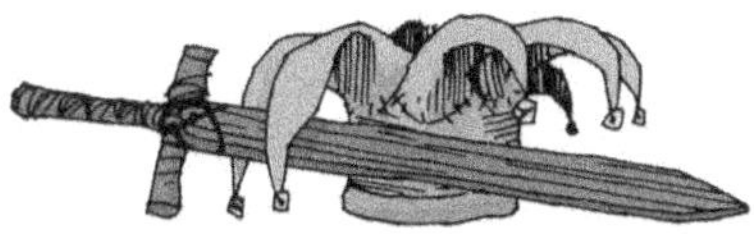

21
UMA MENTIRA E UMA REZA

METIDO NUM TRAJE de frade com o capuz caído sobre os olhos e com as mãos juntas diante do rosto como se rezasse, Wamba dirigiu-se ao castelo. Lá, foi levado a seu proprietário, Testa de Boi, que o interrogou:

– Descreve as tropas que estão cercando o castelo.

Gaguejando, o bufão respondeu:

– São tropas iguais a todas as outras, formadas por homens armados e dispostos a lutar.

– O que eu quero saber é se os bandidos são numerosos – insistiu o dono do castelo.

– Não os contei, senhor, porque são incontáveis.

– Está bem! Chega de asneiras! Vejo que não és dos mais inteligentes, mas de ti eu preciso de um favor bem simples. Quero que vás à cidade de York para entregar uma carta a amigos meus. Serás bem recompensado depois.

– Irei até lá, sem dúvida, senhor. Mas antes eu gostaria de rezar junto com as pessoas feridas que foram mencionadas na carta. Onde estão elas?

– Não temos feridos aqui – disse o grandalhão. – Foi uma mentira que usamos para atrair-te até aqui... Mas eu permitirei que rezes um pouco junto do chefe dos bandidos que nós capturamos.

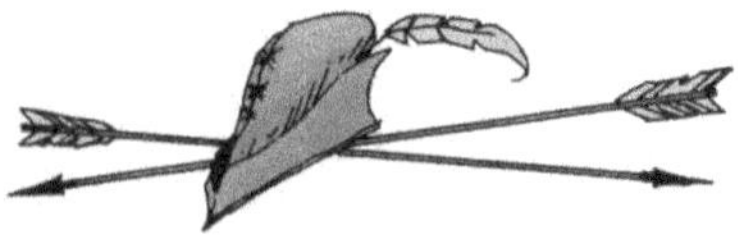

22
TROCA DE ROUPAS

WAMBA FOI ENTÃO levado à sala onde estava Cedric.

Sem reconhecê-lo, o senhor de Rotherwood perguntou:

– Por que vieste até aqui, frade?

– Para dar-te a extrema-unção. Serás degolado daqui a pouco.

– Bandidos sanguinários! – exclamou Cedric, revoltado.

– Sim, eles não perdoam ninguém.

– Então reza por mim, padre.

– Calma, não te apresses! – disse o bufão, jogando para trás o capuz que lhe cobria o rosto e livrando-se do hábito.

E, sacudindo o senhor de Rotherwood que estava paralisado de espanto, acrescentou:

– Vamos, senhor, vista-se e fuja! Lá fora o senhor será mais útil do que eu no combate que se iniciará em breve.

– Mas como sairei daqui se não sei uma só palavra em latim?

– Decore estas duas: *pax vobiscum*. Elas resolvem qualquer problema.

Enquanto Cedric envergava o modesto hábito, Wamba enfiava-se nas magníficas roupas do senhor de Rotherwood.

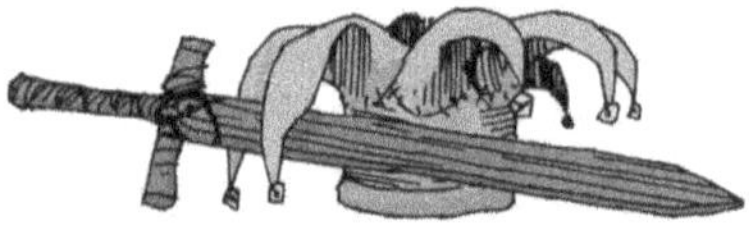

23
UMA PUNIÇÃO

TESTA DE BOI mandou que trouxessem Cedric até ele.

– Quanto estás disposto a pagar para salvar teu pescoço?

– Tudo. Ou seja, tudo o que eu tenho. Que é nada. Nada, compreende?

– Não te faças de bobo – disse, irritado, o dono do castelo, dando um tapa no rosto do prisioneiro.

Foi então que caiu o chapéu de Cedric que Wamba havia enterrado na cabeça.

– Maldição! – urrou Testa de Boi. – Quem és tu e onde está aquele bandido saxão?

– Eu sou um bobo, claro. Só um bobo viria até aqui. Quanto ao senhor de Rotherwood, creio que ele saiu daqui disfarçado de frade.

Agarrando Wamba pelo pescoço, o enfurecido Testa de Boi o sacudiu enquanto proferia ameaças:

– Vou aplicar-te uma punição! Ah, já sei, vou arrancar-te o couro cabeludo!

– Se puder opinar, senhor, eu prefiro ser decapitado. Acho que, para mim, será menos doloroso.

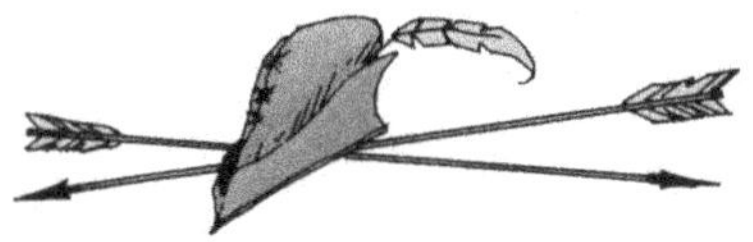

24
PRISIONEIROS

AO ABRIR OS OLHOS, Ivanhoé viu-se numa sala ricamente ornamentada. A seu lado estava sentada uma jovem muito bonita, que julgou ser uma enfermeira.

– Onde estou?

– No castelo de Torquilstone – respondeu Rebeca. – Somos prisioneiros aqui.

– Prisioneiros? O que aconteceu?

– Meu pai e eu te trazíamos na nossa liteira. Na floresta, homens encapuzados nos atacaram e nos arrastaram para cá. Mas, agora, felizmente, o castelo está cercado. Creio que daqui a pouco ele será atacado.

– Ah, se eu pudesse combater!

Rebeca ajudou Ivanhoé a levantar-se e o conduziu até uma janela. Dali ele pôde ver que os homens de Reginaldo Testa de Boi corriam para assumir suas posições de defesa nas muralhas. E viu também que centenas de arqueiros estavam alinhados na orla da floresta, prontos para avançar contra o castelo.

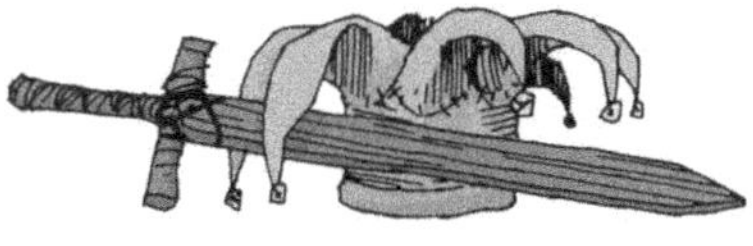

25
COMEÇA A BATALHA!

SOARAM AS CORNETAS dos saxões anunciando o ataque.

Os arqueiros atacaram inicialmente uma pequena fortificação que ficava à frente do castelo, mas separada dele por um fosso. Lançaram uma chuva de flechas que se chocavam contra as muralhas ou contra as armaduras dos defensores, causando poucos danos. Depois, eles correram até as muralhas levando escadas, que encostaram às paredes e pelas quais rapidamente subiram. Muitos eram derrubados, mas alguns conseguiam entrar na fortificação, dando início à luta corpo a corpo. Uns combatentes empunhavam espadas, outros apenas punhais. Uns lutavam com machados, outros com maças.

O combate mais impressionante foi travado entre o Cavaleiro Negro e Reginaldo Testa de Boi, pois ambos, além de muito fortes, eram espadachins habilidosos. Trocaram incontáveis golpes, subindo e descendo pelas escadas da fortificação, até que o Cavaleiro Negro acertou uma estocada no peito do Testa de Boi, que caiu ligeiramente ferido, mas foi logo resgatado por seus servos, que o levaram para o interior do castelo.

De volta ao castelo, Testa de Boi mandou seus homens destruírem a ponte levadiça que unia as duas construções para evitar a entrada dos saxões. A ordem foi cumprida rapidamente. No entanto, os atacantes improvisaram uma pequena ponte de madeira que foi lançada sobre o fosso e, por ela, passaram o Cavaleiro Negro e Cedric, empunhando grandes machados. Imediatamente os dois começaram a golpear o portão. Arqueiros saxões tentaram juntar-se a eles, porém foram atingidos por flechas. Dois deles caíram feridos na água do fosso.

Da amurada do castelo, Maurício de Bracy gritou a seus homens:

– Lancem pedras contra os que atacam o portão.

Para dar o exemplo, ele próprio carregou uma pedra enorme até a parte da muralha que ficava sobre o portão. Quando a ergueu acima da cabeça para jogá-la, o arqueiro Locksley, que se achava na outra margem do fosso, acertou-lhe uma flechada no peito. O impacto na armadura desequilibrou De Bracy, mas não o impediu de lançar a pedra.

– Cedric! Cavaleiro Negro! – gritou Locksley. – Cuidado!

Ao mesmo tempo, os dois homens levantaram o rosto e viram a pedra que caía sobre eles. Deram um passo à frente, e foi isso o que os salvou.

26
UM RESGATE EM MEIO ÀS CHAMAS

DE REPENTE, no interior do castelo explodiram gritos desesperados:

– Fogo! Socorro! Incêndio!

Indiferentes àquela gritaria, o Cavaleiro Negro e Cedric finalmente concluíram a derrubada do portão, abrindo caminho para os atacantes. Logo, incontáveis saxões se puseram a atravessar a ponte improvisada em direção ao castelo.

Seguido por seus homens, Maurício de Bracy desceu as escadas a fim de enfrentar os invasores. No meio do caminho, topou com o Cavaleiro Negro, e eles começaram a esgrimir. Embora dominando a luta, o Cavaleiro Negro recuou até que chegaram ao solo, quando, com um golpe fortíssimo contra o escudo, jogou o normando ao chão e exigiu:

– Rende-te!

– Não posso me render a um desconhecido.

O Cavaleiro Negro abaixou-se, levantou a viseira do seu elmo e murmurou poucas palavras.

– Eu me rendo sem condições – disse De Bracy, com a voz modificada por uma forte emoção. – E deixe que eu te dê uma informação importante: Ivanhoé está neste castelo, ferido e prisioneiro.

– Preso aqui?

– Sim. E corre perigo. A ala onde ele se encontra está pegando fogo.

– Como posso resgatá-lo?

De Bracy apontou para uma escada em espiral:

– Suba por ali.

O Cavaleiro Negro partiu em direção à escada, já tomada por uma fumaça escura. Na sua corrida desesperada, ele passou por dois vultos que desciam às pressas. Pareceu-lhe que eram um homem e uma mulher, mas não conseguiu ver seus rostos por causa da fumaça.

Num quarto em chamas, o Cavaleiro Negro encontrou Ivanhoé desmaiado sobre a cama. Colocando a espada na bainha, ele ergueu o ferido como se fosse um menino e, carregando-o nos braços, desceu a escada já tomada por uma negra fumaça irrespirável.

27
UMA FUGA

AO DESCER A ESCADA, trazendo Rebeca de arrasto, Bois-Guilbert reconheceu o Cavaleiro Negro, mas não quis travar uma luta com ele porque julgou mais importante naquele momento fugir com a jovem pela qual estava apaixonado.

O templário dirigiu-se até onde estavam reunidos seus homens, já montados e de espada em punho, preparados para a fuga. Acomodou Rebeca em um cavalo e saltou sobre o lombo de sua montaria ricamente enfeitada.

– Somos poucos, mas valentes – disse Bois-Guilbert e apontou para o portão destruído do castelo: – Escaparemos por ali. Quem se colocar no nosso caminho perderá a vida.

O templário e seus seguidores saíram em disparada. Vários saxões que tentaram impedir-lhes a fuga foram derrubados a golpes de espada. Agarrada ao pescoço de seu animal, cujas rédeas estavam nas mãos do homem que cavalgava a seu lado, a bela Rebeca ia no centro do grupo. Logo os fugitivos alcançaram a orla da floresta e sumiram por entre as altas árvores.

28
ROBIN HOOD

NO DIA SEGUINTE, numa clareira da floresta estavam reunidos os vencedores da batalha de Torquilstone. Depois de agradecer aos guerreiros que o haviam libertado e à sua filha, Cedric dirigiu-se ao Cavaleiro Negro:

– Visita-nos um dia. Em nossa casa serás recebido como se fosses meu irmão.

– Em breve, irei até lá para pedir-te um favor.

– Juro que te concederei esse favor, mesmo sem saber do que se trata.

Ao despedir-se de Locksley, o Cavaleiro Negro disse:

– Eu gostaria que libertasses Maurício de Bracy.

Locksley não entendeu o motivo do pedido, mas decidiu atendê-lo:

– Está bem. Ele poderá partir quando quiser.

Maurício de Bracy agradeceu com um cumprimento de cabeça, correu em direção a um belo cavalo, saltou-lhe sobre o lombo e partiu a galope.

Antes que o Cavaleiro Negro partisse, o arqueiro campeão entregou-lhe uma corneta:

– Se um dia estiveres em perigo nesta floresta, basta soprar três vezes que logo nós apareceremos para ajudá-lo.

– Obrigado, Locksley.

– Na verdade, meu nome não é esse – disse o arqueiro. – Eu o inventei apenas para participar do torneio. Eu me chamo Robin Hood e sou o líder dos homens livres da floresta de Sherwood.

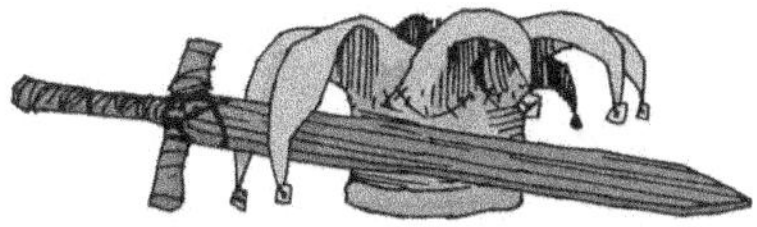

29
RICARDO CORAÇÃO DE LEÃO

O CAVALEIRO NEGRO pediu que soltassem Maurício de Bracy porque sabia que ele iria a toda velocidade para York, onde se encontrava o príncipe João.

Lá, ao ver o cavaleiro normando com a armadura amassada e coberta de poeira, o príncipe indagou alarmado:

– Onde estão Testa de Boi e o templário Bois-Guilbert?

– Alteza, o castelo de Torquilstone foi atacado pelos saxões. O templário conseguiu fugir, mas Testa de Boi morreu como um bravo, combatendo.

– Oh, que notícia terrível!

– Há uma notícia bem pior do que esta!

– Não pode ser! – O príncipe ergueu a voz.

– Vosso irmão, Ricardo Coração de Leão, voltou à Inglaterra. Anda sempre com o rosto encoberto pelo elmo e pela viseira. No momento ele é conhecido como Cavaleiro Negro. Ganhou esse nome ao lutar no torneio de Ashby.

– Não é possível! Como eu não percebi? Agora mesmo vou reunir um grande número de guerreiros para lutar contra ele! Junta-te a nós.

– Não posso, alteza. O rei me derrotou em uma luta leal, eu me rendi e ele me perdoou. Vou partir para o exílio na França.

Depois que Maurício de Bracy deixou a sala, apresentou-se ao príncipe João o conselheiro Waldemar Fitzurse, que estivera escutando a conversa por trás de uma pilastra.

– Vossa alteza, eu posso resolver vosso problema sem que seja necessário organizar um exército. Preciso apenas de dois homens que conheçam bem a floresta e de cinco soldados fortes e destemidos.

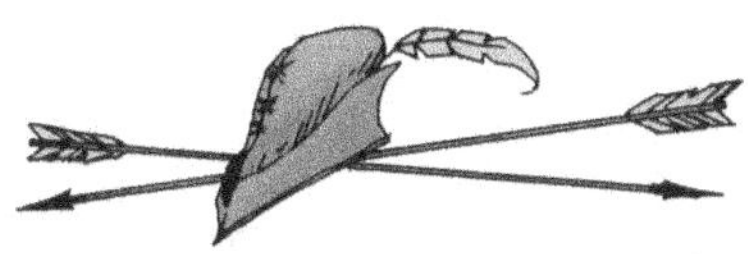

30
O MESTRE DOS TEMPLÁRIOS

AO SER RETIRADO da masmorra onde estava preso, Isaac perguntou aos que o libertavam:

– Onde está minha filha querida?

– Ela foi levada por Bois-Guilbert – respondeu um saxão. – Ele foi para o castelo da Ordem dos Templários, em Templestowe.

Antes de partir em busca da filha, Isaac encontrou-se com o prior de Jorvaulx, que havia sido preso pelos homens de Robin Hood, e fez a ele uma proposta:

– Escreve uma carta a seu amigo Bois-Guilbert. Dize que eu pagarei o que ele quiser pela libertação de minha filha. E ainda te darei uma polpuda gratificação.

– Uma cartinha? Sem dúvida! Afinal, escrever nunca foi pecado.

Com a carta do religioso na mão, Isaac viajou até o castelo dos Templários. Chegando lá, foi ao encontro do oficial que comandava o portão:

– Cavaleiro, preciso falar com o templário Bois-Guilbert. Tenho aqui uma carta do prior de Jorvaulx para ele.

O oficial entrou no castelo e dirigiu-se a Lucas de Beaumanoir, o mestre da Ordem dos Templários, que passeava pelo pátio:

– Senhor mestre, um judeu deseja falar com o irmão Brian.

– Um judeu? Traga-o aqui, já!

Isaac entrou assustado no castelo. Sabia que cristãos fanáticos, como eram os templários, não hesitariam em fazer mal a um homem de sua religião.

– Que queres? – perguntou em voz alta o mestre.

– Quero entregar ao senhor Bois-Guilbert uma carta que lhe envia o prior de Jorlvaux.

– Entregue-me a carta! – exigiu Beaumanoir. – Pelas regras da Ordem dos Templários, eu posso ler a correspondência dos nossos cavaleiros.

O pálido rosto do mestre foi se avermelhando de raiva à medida que lia a carta. Nela estava escrito:

Meu caro Brian, estou prisioneiro dos bandidos da floresta. Soube por eles que fugiste levando contigo a bela judia, pela qual estás apaixonado.

Pois bem, o pai de Rebeca, o riquíssimo Isaac de York, promete pagar pela libertação dela uma quantia tão elevada que tu poderás, depois, com essa fortuna, arranjar uma centena de namoradas.

Ah, para mim, é claro, ele também dará uns belos trocados, porque sabe que eu adoro mesa farta e bons vinhos.

Para encerrar, aproveito para te avisar que está por chegar aí, em Templestowe, Lucas de Beaumanoir, o implacável mestre de tua ordem. Toma cuidado. Ele é rigoroso, não permite que seus cavaleiros quebrem as regras.

Aymer de Jorvaulx.

31
O PRECEPTOR DE TEMPLESTOWE

CRAVANDO OS OLHOS em Isaac, o mestre dos templários perguntou:

– Que faz tua filha?

– Ela é uma boa enfermeira. Aliás, estava tratando de um cavaleiro ferido quando foi raptada. Ela cura as pessoas.

– Cura com palavras mágicas e feitiçarias?

– Não senhor! Ela usa os remédios ensinados por uma senhora chamada Miriam.

– Miriam? A feiticeira que queimamos na fogueira?

Voltando-se para o escudeiro, Beaumanoir ordenou:

– Coloque este homem para fora do castelo! E chame aqui imediatamente o preceptor.

Alberto de Malvoisin era o preceptor de Templestowe. Cabia a ele fazer com que os cavaleiros obedecessem às duras regras da Ordem dos Templários. Ao vê-lo, o mestre Beaumanoir disse:

– Preceptor, há nesta casa uma mulher. Isso é terminantemente proibido. Nem cristã ela é. Trata-se de uma judia e foi trazida para cá por Brian Bois-Guilbert.

Fazendo-se de sonso, Malvoisin disse:

– Oh, eu nunca poderia imaginar uma coisa dessas, mestre!

– Essa mulher deve ser uma feiticeira.

– Sem dúvida! Só por meio de feitiço ela poderia fazer um irmão templário esquecer os seus votos de se manter sempre solteiro.

– Tens razão, Malvoisin. Ela enfeitiçou o nosso Brian. Vamos julgar logo essa bruxa.

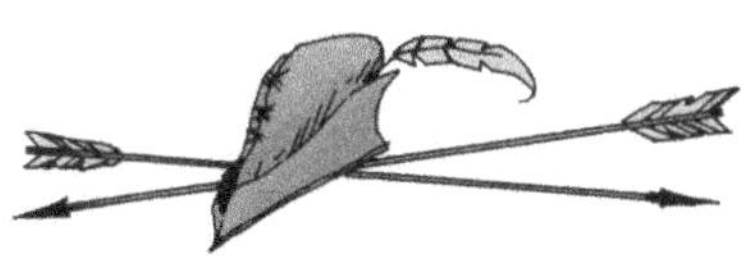

32
UMA SOLUÇÃO

O PRECEPTOR foi ao quarto onde estava Bois-Guilbert e o encontrou furioso:

– Rebeca é uma ingrata. Eu a salvei. Mas ela não me dá nenhuma esperança de que um dia venha a amar-me.

– Eu acho que tu estás completamente louco – disse Malvoisin. – Mas nosso mestre acha que estás apenas enfeitiçado.

– O velho Lucas de Beaumanoir está aqui?

– Sim. Chegou hoje e, lendo uma carta endereçada a ti, soube que trouxeste Rebeca contigo. Isso vai criar-te um grande problema, mas há uma solução...

– E qual seria essa solução?

– Tu vais denunciar Rebeca. Dirás que ela te enfeitiçou. Aí, ela será queimada na fogueira, como feiticeira.

– Não! Isso nunca! Eu a amo. Por isso, peço: permite que ela fuja daqui.

– Agora é tarde. Os homens de Beaumanoir já a prenderam. Pensa no seguinte: o mestre está muito velho, morrerá em breve e tu poderás assumir o lugar dele. És o melhor dos templários. Por isso, eu te aconselho: esquece tua paixão por Rebeca.

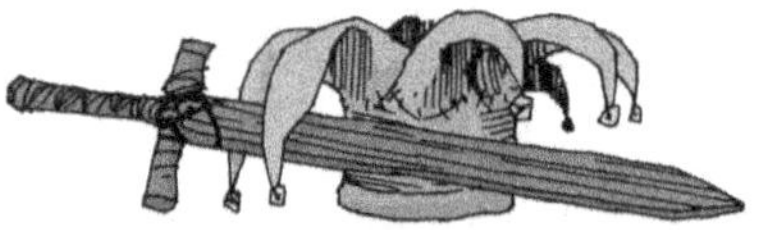

33
O JULGAMENTO DE REBECA

POUCO DEPOIS teve início no pátio de Templestowe o julgamento de Rebeca, presidido por Lucas de Beaumanoir:

– Templários, estamos aqui para julgar a mulher que enfeitiçou um de nossos principais cavaleiros, Brian de Bois-Guilbert. Ele ficou de tal forma sob seu poder que esqueceu a regra mais elementar desta nossa casa consagrada à religião: aqui não podem entrar mulheres. Vamos puni-la, claro, mas também, julgaremos com rigor o nosso irmão.

Na sequência pronunciaram-se vários cavaleiros, soldados e escudeiros, relatando com detalhes os perigos enfrentados por Bois-Guilbert para escapar com Rebeca do castelo do Testa de Boi.

O mestre mandou então que a acusada se pronunciasse.

– Sei que serei condenada – disse Rebeca. – Mas eu preciso apelar para o cavaleiro Brian de Bois-Guilbert. Eu peço a ele que diga aqui, em voz alta, a todos os presentes, que eu não o enfeiticei, e sim que ele ficou loucamente apaixonado por mim.

Por instantes reinou no salão um silêncio angustiante. Todos os olhares se voltaram na direção do templário, que estava pálido e trêmulo. Ele movia os lábios, mas não conseguia pronunciar uma só palavra.

– Fale, irmão – ordenou o mestre.

Depois de muito hesitar, Bois-Guilbert virou-se para Rebeca e murmurou:

– O bilhete! O bilhete!

Rebeca demorou a compreender que ele estava se referindo a um papelucho que alguém lhe havia enfiado entre os dedos quando ela era trazida ao julgamento. Discretamente, leu o bilhete que tinha na mão, levantou-se e disse, com voz firme:

– Mestre, pelas regras da Ordem dos Templários, uma pessoa que se considera injustamente condenada pode pedir que a decisão final do seu julgamento saia de um combate entre dois cavaleiros. Assim, eu peço que a Ordem dos Templários indique um cavaleiro para defendê-la. Eu procurarei um cavaleiro que lute por mim.

– Teu pedido foi aceito – disse o mestre, levantando-se. – A Ordem dos Templários será representada por Brian de Bois-Guilbert. Terás três dias para apresentar um defensor. Se não conseguires quem lute por ti, serás queimada na fogueira.

34
WAMBA EMPUNHA SUA ESPADA DE PAU

ACOMPANHADO POR Wamba e Gurth, o Cavaleiro Negro viajou até a abadia na qual Ivanhoé se recuperava dos ferimentos. Lá eles conversaram longamente. E depois, ao sair dali, o Cavaleiro Negro decidiu passar por Rotherwood a fim de pedir a Cedric que se reconciliasse com seu filho.

Quando entraram por uma trilha pelo meio da floresta, Wamba dirigiu-se ao cavaleiro:

– Senhor, deixe-me levar a corneta que lhe deu Robin Hood.

– Por que a queres? – perguntou o cavaleiro.

O bufão enfiou a corneta sob o sovaco antes de responder:

– Quando a coragem e a loucura viajam juntas, a corneta deve ficar em poder da loucura, que sempre tem melhor fôlego.

O Cavaleiro Negro e Gurth riram muito da resposta do bobo, que, de repente, levantou a voz:

– Aliás, a loucura também tem vistas aguçadas. Vejam aqueles homens!

Olhando na direção apontada por Wamba, o cavaleiro e o porqueiro viram alguns homens em atitude suspeita, mal escondidos atrás das árvores. Imediatamente, o Cavaleiro Negro baixou a viseira e empunhou a espada. Logo três flechas explodiram contra seu elmo e sua armadura. Cinco soldados saíram da floresta portando lanças e espadas e correram na direção do Cavaleiro Negro, que ergueu o escudo. Teve início uma luta feroz.

Enquanto esgrimia com vários homens ao mesmo tempo, o Cavaleiro Negro indagou em voz alta:

– Quem sois vós?

– Isso não te interessa, tirano! – respondeu um dos atacantes. – O que importa é que vamos te matar!

– Traidores! – retrucou o Cavaleiro Negro, que já ia levando vantagem sobre os que o cercavam.

Nesse momento, surgiu da floresta, galopando velozmente, um cavaleiro que vestia uma armadura azul. Veio por trás do Cavaleiro Negro e acertou-lhe uma lançada nas costas.

– Covarde! – gritou o Cavaleiro Negro, caindo do cavalo.

Wamba tocou então, com toda a força de seus pulmões, a corneta. Imaginando que estavam sendo atacados pelos homens de Robin Hood, os soldados saíram correndo para a floresta.

– Voltem, medrosos! – gritou o cavaleiro de armadura azul.

Depois, ele esporeou seu cavalo e iniciou um galope com a lança abaixada para dar um golpe mortal no Cavaleiro Negro, ainda caído.

Quando o atacante estava a menos de dez metros do ponto onde se encontrava o Cavaleiro Negro, o bufão saiu de trás da árvore em que se escondera. Gurth achou que ele ia fugir, mas na verdade o bobo correu na direção do cavaleiro de armadura azul empunhando sua ridícula espada de pau. Apesar da tensão do momento, o tratador de porcos teve vontade de rir daquele gesto insensato.

Foi então que, para sua surpresa, Wamba colocou a espadinha entre as pernas dianteiras do cavalo do atacante. Animal e cavaleiro deram uma grande cambalhota no ar e estatelaram-se no chão duro.

O tombo foi tão forte que o cavaleiro de armadura azul demorou a levantar-se. Quando ele, por fim, se pôs de pé, seus soldados retornaram para ajudá-lo. Depois, lentamente, zonzo ainda, ele dirigiu-se ao ponto em que estava estendido o Cavaleiro Negro. Parou perto dele, pegou a espada com as duas mãos, levantou-a bem alto e disse:

– Prepara-te para morrer, tira...

Não chegou a concluir a palavra, nem o golpe, porque uma flecha atravessou seu braço direito. Ao mesmo tempo, todos os soldados foram atingidos por flechadas certeiras disparadas pelos homens de Robin Hood, que haviam chegado naquele instante para atender ao toque de corneta do bufão.

– Wamba! – ordenou o Cavaleiro Negro, levantando-se. – Retira o elmo do bandido que me atacou!

– Não vale a pena, senhor – respondeu o bobo. – Ele deve ser feio como o diabo.

Mesmo dizendo isso, o bufão puxou o capacete do homem que se retorcia e gemia com a flecha cravada no braço. Era o conselheiro real Waldemar Fitzurse.

– Quem te deu ordem para me matar? – perguntou o Cavaleiro Negro.

– Teu próprio irmão, o príncipe João.

Ao escutar aquelas palavras, Wamba gritou:

– Arqueiros da floresta, dobrem seus joelhos porque o Cavaleiro Negro é o nosso rei! Ele é Ricardo Coração de Leão!

Quando todos os arqueiros se ajoelharam, Ricardo Coração de Leão retirou pela primeira vez o elmo e falou:

– Quero agradecer a todos, em especial a Robin Hood, que há pouco disparou a flecha que salvou minha vida... Mas peço que ainda não divulgueis que voltei à Inglaterra. Estou organizando forças para lutar contra meu irmão, o príncipe João.

35
UMA NUVEM DE POEIRA AO LONGE

RICARDO CORAÇÃO DE LEÃO marchava à frente das tropas que reunira.

Na última fileira, ainda não totalmente recuperado, seguia Wilfred de Ivanhoé. De repente, olhando para o lado, o jovem cavaleiro viu Isaac de York, por trás de uma árvore, fazendo-lhe sinais desesperados. Sem que seus companheiros percebessem, Ivanhoé desviou o cavalo e foi até o velho.

– O que houve? – perguntou.

– Minha filha Rebeca, a jovem que serviu de enfermeira ao senhor no castelo do Testa de Boi, foi feita prisioneira pelos templários – respondeu Isaac, angustiado, torcendo as mãos. – Ela será queimada numa fogueira amanhã cedo, caso não se apresente em Templestowe um cavaleiro disposto a lutar por ela.

Sem pedir mais explicações, Ivanhoé esporeou o cavalo e disparou rumo ao castelo dos templários. Cavalgou durante toda a noite.

Ao nascer do sol, estava tudo pronto em Templestowe. No palanque já se encontrava o mestre Lucas de Beaumanoir, que comandaria a cerimônia. Num dos limites da arena tinha sido montada a fogueira. Rebeca estava ao lado dela. Vestindo um roupão grosseiro que a deixava ainda mais bonita, ela rezava de olhos fechados.

Soaram as cornetas e o arauto anunciou em voz alta:

– O cavaleiro Brian de Bois-Guilbert está pronto para enfrentar qualquer um que se apresente para lutar em defesa desta jovem acusada de feitiçaria.

Montado a cavalo, o templário aproximou-se de Rebeca e disse a ela em voz baixa:

– Ainda podes fugir da morte. Monta na garupa do meu cavalo. Ele é tão veloz que eles não nos alcançarão. Eu não me considero mais um templário. Matarei qualquer um que tente impedir a nossa fuga.

– Prefiro as chamas da fogueira a fugir em tua companhia!

O cavaleiro afastou-se dali e voltou à sua posição numa das extremidades do campo de batalha.

A multidão permanecia em silêncio, ora observando o orgulhoso cavaleiro, que mantinha a cabeça erguida, ora olhando para a moça condenada à morte, que continuava a rezar de olhos fechados, cabisbaixa.

De repente um sussurro de espanto percorreu a multidão de um lado a outro. Acontece que as pessoas tinham visto ao longe, na planície, em meio a uma nuvem de poeira, o vulto de alguém que se dirigia velozmente ao local da luta.

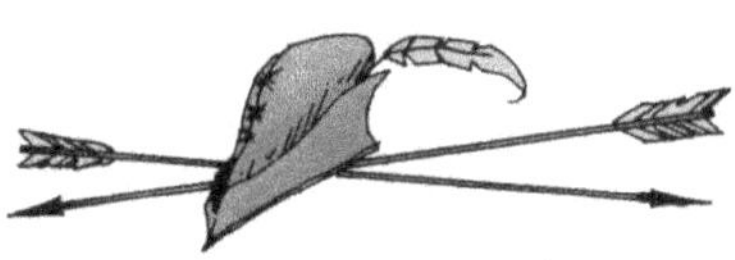

36
A VONTADE DOS CÉUS

POUCO DEPOIS, quando um cavaleiro se deteve perto de Rebeca, o arauto o interrogou:

– Quem é o senhor? Tem nobreza suficiente para enfrentar o cavaleiro de Bois-Guilbert?

– Sou Wilfred de Ivanhoé – anunciou o recém-chegado. – Vim para lutar pela inocente Rebeca.

– Vai primeiro tratar de teus ferimentos – gritou Bois-Guilbert. – Estás ferido e eu só costumo enfrentar homens no auge da forma física.

– Estás com medo? – provocou Ivanhoé. – Já te derrotei em duas ocasiões. Recentemente, sem que soubesses quem eu era, te venci no torneio de Ashby. Antes, na Terra Santa, também saí vencedor de um combate contigo. Agora, mesmo que queiras, não poderás te recusar a lutar contra mim porque, no castelo de Rotherwood, disfarçado de peregrino, eu te fiz um desafio e tu o aceitaste. Apostei meu relicário contra tua corrente, lembras?

– Miserável saxão! – berrou o templário, enfurecido. – Prepara tua alma, porque agora mesmo ela vai viajar aos céus.

Ivanhoé dirigiu-se a Rebeca:

– Bondosa jovem, tu, que de mim cuidaste com tanto carinho quando eu estava ferido, aceitas que eu te defenda?

– Gostaria de aceitar-te como um defensor enviado por Deus, mas eu te peço que não lutes. Teus ferimentos ainda não estão curados!

Sem responder, Ivanhoé conduziu seu cavalo para o lugar destinado ao defensor de Rebeca naquele combate. Os dois cavaleiros se encararam por um bom tempo até que seis cornetas soaram em conjunto e eles se lançaram um contra o outro.

Após o primeiro choque, os que assistiam ao espetáculo puderam perceber que Ivanhoé não resistiria por muito tempo aos ataques furiosos do adversário. Embora muito ágil, o que lhe permitia esquivar-se dos golpes do templário, estava claro que ele acabaria perdendo a luta porque estava debilitado.

No quarto ataque, a lança de Bois-Guilbert acertou em cheio a armadura de Ivanhoé, que foi projetado para longe de seu cavalo. Ao mesmo tempo, o templário também caía da sela, ainda que a lança de Ivanhoé mal tivesse lhe roçado o elmo. Rapidamente, o filho de Cedric levantou-se e sacou sua espada, mas, para espanto de todos, Bois-Guilbert permaneceu deitado. De espada na mão, Ivanhoé esperou pela recuperação do seu oponente.

Ao ver que o cavaleiro que defendia sua ordem não se movia, Lucas de Beaumanoir entrou na arena e ordenou a seus ajudantes:

– Retirem o elmo e o escudo do nosso cavaleiro!

Depois, ajoelhando-se, o mestre observou atentamente o rosto do homem caído antes de anunciar em voz alta:

– Não há ferimentos nem na face nem no peito de Brian de Bois-Guilbert, mas ele não respira mais. Creio que sua morte não veio pela lança de Ivanhoé, e sim pela vontade dos céus. Ele morreu consumido por uma paixão proibida.

Apontando para Rebeca, Lucas de Beaumanoir acrescentou:

– Declaro esta moça inocente!

Nesse instante, ao longe, viu-se um grande grupo de cavaleiros que avançavam velozmente. Quando eles se detiveram, todos ali puderam ver que o Cavaleiro Negro, naquele momento sem elmo, era Ricardo Coração de Leão. Gritos de vivas e hurras sacudiram a multidão.

Olhando para Bois-Guilbert caído, o rei disse:

– Eu gostaria de ter punido este homem...

E, voltando-se para Ivanhoé, acrescentou:

– E tu não deverias ter arriscado tua preciosa vida.

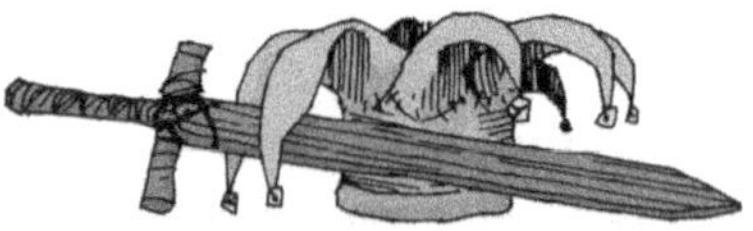

37
UM CASAMENTO E UMA MORTE

POUCO DEPOIS, quando Ricardo Coração de Leão já havia reassumido o trono da Inglaterra, Cedric foi chamado a York, onde fora estabelecida a corte.

– Quero que perdoes teu filho Ivanhoé, a quem deserdaste quando de sua partida em minha companhia para a Terra Santa – disse o rei. – Sei que o rapaz deveria ter pedido tua licença, mas ele ficou com medo de que tu tentasses impedi-lo. Como ele é um dos nossos melhores cavaleiros, honrado e bondoso, deves dar-lhe o perdão.

– Não posso negar-vos este favor, majestade – respondeu o nobre saxão. – Afinal, se meu filho está vivo, eu devo este fato à vossa intervenção durante o torneio de Ashby.

– Então solicito mais um favor – continuou o rei. – Permita que tua pupila Rowena se case com Ivanhoé. Afinal, eles sempre se amaram e tu sabes muito bem disso.

Mesmo relutante, Cedric cedeu mais vez.

Foi assim que os jovens Ivanhoé e Rowena se casaram e viveram felizes por muito tempo. Já o rei Ricardo Coração de Leão morreu pouco depois, ainda jovem, mas amado e respeitado por todo o povo inglês.

O GUERREIRO DOS CABELOS DE FOGO

Lourenço Cazarré

LOURENÇO CAZARRÉ.

Brasileiro, nasceu em Pelotas, Rio Grande do Sul, em 1953. Passou a infância em Bagé, na fronteira com o Uruguai. De volta à cidade natal em 1964, foi morar com seus avós paternos. Tornou-se leitor fanático frequentando a seção infantil da Biblioteca Municipal. O primeiro livro que leu de uma só sentada foi A Ilha do Tesouro, *de Robert Louis Stevenson. Acredita que o mais belo texto escrito sobre a passagem da infância para a adolescência seja* A estepe, *do russo Anton Tchecov. Cursou o antigo ginásio industrial na Escola Técnica Federal de Pelotas. Depois, fez o clássico (uma das modalidades do segundo grau na época) e ingressou no curso de Jornalismo da Universidade Católica de Pelotas em 1972. Formado em 1975, seguiu um ano depois para Florianópolis e lá trabalhou como jornalista. Em novembro de 1977, foi para Brasília, onde até hoje exerce essa profissão. Começou a escrever no início dos anos 1980. Seu segundo romance,* O calidoscópio e a ampulheta, *venceu, em 1982, um dos maiores certames literários do país, a Bienal Nestlé de Literatura. Seu primeiro livro juvenil,* O mistério da obra-prima, *foi publicado em 1985. Em trinta anos de trabalho literário, completados em 2011, escreveu quarenta livros, entre romances, coletâneas de contos e novelas juvenis, e participou de mais de quinze antologias de contos.*

Um de seus livros para jovens, Nadando contra a morte, *recebeu o Prêmio Jabuti de 1998. Tanto essa novela como* A cidade dos ratos – uma ópera roque *(ambas da Formato Editora) foram consideradas altamente recomendáveis para Jovens, pela Fundação Nacional do Livro Infantil e Juvenil. A novela* Clube dos leitores de histórias tristes *(Saraiva) foi considerada pela revista* Veja *o melhor livro para jovens entre dez e doze anos lançado em 2005. Outros de seus livros para jovens são:* Quem matou o mestre de Matemática? *(Atual),* O motorista que contava assustadoras histórias de amor *(Saraiva) e* Ilhados *(Saraiva).*

Em Três Cavaleiros, *o escritor retomou o contato com heróis que já o seduziam desde a juventude. A releitura dos mitos arturianos e do romance de Walter Scott aliou-se a uma meticulosa pesquisa das raízes do Rio Grande do Sul. O resultado foi uma "aventura que se estendeu por seis meses. Bem menos movimentada, claro, do que as dos personagens com os quais eu entraria em contato, mas bastante divertida", afirmou Cazarré. E concluiu: "Espero que os leitores se divirtam tanto quanto me diverti".*

1
AVENTURAS

NENHUM DOS JOVENS europeus que nos séculos passados vieram para a América viveu tantas e tão extraordinárias aventuras, em tão pouco tempo, quanto Guilherme Kugelfest, que depois seria conhecido por aqui como o "Guerreiro dos Cabelos de Fogo". Em apenas três anos, ele viveu entre os guaranis numa cidade criada pelos jesuítas, foi prisioneiro dos sanguinários cauababás e se transformou num dos principais cavaleiros dos corajosos tcharros.

Teve uma vida intensa.

Do seu nascimento, por volta de 1700, em uma pequena cidade da Alemanha, até o momento em que se tornou o responsável pela vitória dos tcharros sobre os portugueses na célebre batalha do Cerro da Boa Morte, passaram-se apenas quinze anos.

Na época, essa batalha foi a maior dentre as travadas no extremo sul do Brasil, uma terra disputada por espanhóis e portugueses.

2
LABAREDAS

O POUCO QUE SE SABE sobre a infância de Guilherme Kugelfest chegou até nós por meio de anotações feitas num caderno do padre Antônio Seppmayer.

Seu pai era um agricultor calado e tristonho, mas sua mãe era uma mulher alegre, que gostava muito de cantar. Num tempo em que as famílias eram numerosas, porque eram necessários muitos braços para trabalhar na lavoura, Guilherme foi filho único. Não se conhece o motivo pelo qual sua mãe não teve outros filhos.

Guilherme era uma criança diferente. Mal começou a falar, bombardeava seus pais com perguntas a que eles não sabiam responder. Aos quatro anos, surpreendia-os também com as descobertas que fazia sobre as estrelas, o vento e a chuva.

Seu cabelo ruivo, de um vermelho-alaranjado que lembrava labaredas, o diferenciava das crianças de sua região, loiras na maioria. Tinha o rosto pintado de sardas e seus olhos – que se moviam o tempo todo, curiosos – eram verdes.

Por falar em labaredas...

Numa abrasadora noite de verão, a cabana em que Guilherme morava com os pais foi rapidamente devorada pelas chamas. Marido e mulher não tiveram como escapar da fúria do fogo. Atraídos pelas altas labaredas, os vizinhos chegaram pouco depois ao local. Enquanto observavam o que restara da casa, ouviram um ruído no pomar. O pequeno Guilherme, então com seis anos, foi encontrado são e salvo dormindo sob uma árvore.

São muitas as explicações para esse fato. Para uns, o mais provável é que a mãe do menino o tivesse colocado ali para que dormisse sob o frescor da noite. Há também quem ache que Guilherme sofria de sonambulismo e teria caminhado até o pomar. Para a maioria, porém, aquele garotinho esperto tinha o poder de prever o futuro.

3
CHICOTADAS

A HISTÓRIA de Guilherme recomeça, seis anos mais tarde, num dia de sol brilhante, quando ele segue por uma estrada puxando pela mão um homem alto e forte, que tem os olhos cobertos por uma venda negra. O homem é ninguém menos do que o cego Walter Nacht, um dos mais famosos contadores de histórias da Alemanha.

Eles entram em todas as pequenas cidades ao longo da estrada e em todas elas ocorre mais ou menos a mesma coisa. Walter pede a Guilherme que o leve à praça principal; ali começa a contar piadas sobre os ricos e os poderosos. Quando sente que prendeu a atenção do público, narra assustadoras histórias de fantasmas ou de bandidos sanguinários. Recolhidas as moedas, ele pede em voz alta a Guilherme:

– Menino, leva-me a um lugar onde eu possa encontrar líquidos para recompor minha saliva.

Em companhia de quatro ou cinco dos homens que escutaram suas histórias, o cego é conduzido a um bar. Ali, por horas, bebe cerveja e diz gracinhas. Quando os homens se encontram bastante embriagados, ele chama Guilherme:

– Menino, leva-me ao jardim para que eu possa regar as plantinhas com o excesso de cerveja que tenho no corpo.

Enquanto os homens permanecem no bar, rindo e bebendo, o cego e o garoto saem e, em passo acelerado, deixam a cidadezinha.

– Nunca mais voltarei aqui – disse Walter certo dia. – Acho que essa gente ingrata vai me tratar muito mal.

– Eles têm motivos – retrucou Guilherme. – O senhor roubou todas as moedas que os coitados possuíam.

– O quê? – espantou-se o homem.

– Eu percebi que nas cidades por onde passamos o senhor sempre esvazia os bolsos dos que vão conosco aos bares.

– Quando descobriste isso?

– Já no primeiro dia.

– E só vens me falar nisso agora...

– Eu estava esperando que o senhor parasse com a roubalheira...

– Isso não é roubo, moleque. Esses homens vivem vidas cinzentas e frias. Eu trago alegria a eles. É justo que me paguem, mesmo contra a vontade.

Uma vez tiveram problemas. Apanhado com a mão na bolsa de alguém, Walter foi levado à prisão, recebeu trinta chicotadas e por um mês não pôde sentar nem sobre almofada macia.

4 GÊNIO

DEIXANDO A CADEIA, Walter disse a Guilherme:

– Vamos para o Novo Mundo. Lá não chicoteiam os contadores de histórias.

– Novo Mundo? – surpreendeu-se o garoto. – Como se vai para lá?

– De navio.

– E onde se apanha o navio?

– Ouvi dizer que em Cádiz, na Espanha.

– E essa cidade fica perto daqui?

– Não – respondeu Walter. – Mas, mesmo assim, iremos até lá.

– O que há de interessante nesse tal Novo Mundo?

– Simplesmente tudo. Quando viajam, as pessoas dormem sobre a terra no local onde a noite as surpreende porque lá nunca faz frio.

– Em que trabalham essas pessoas?

– Aí está o melhor! Não trabalham. Passam o dia nadando nos rios ou correndo pelos campos em seus cavalos. Quando estão com fome, estendem o braço para uma árvore e colhem frutas. Se desejam comer carne, podem matar quantas vacas quiserem.

Guilherme sabia que Walter raramente falava a verdade, mas, naquele dia, acreditou nas suas palavras.

– Presta atenção, garoto. No Novo Mundo as terras pertencem a todos. Ou seja, a ninguém. Aliás, nada pertence a ninguém. O único bem que um homem precisa ter é uma caneca para beber água.

– Se eles não possuem bens, não podem ser roubados.

– Belo raciocínio!

– Então, lá, o senhor viverá apenas de contar histórias, já que não existem moedas a serem roubadas...

– Conclusão perfeita!

– Se não há roubos, o senhor não será mais chicoteado...

– Menino, és um gênio! Agora, marchemos para Cádiz.

5
IDEIA

DEPOIS DE MESES caminhando, chegaram a Cádiz. Walter pediu ao garoto que o levasse à praça principal. Mas mal haviam dado meia dúzia de passos pelas ruas estreitas quando foram cercados por homens encapuzados vestidos de negro.

– Considere-se preso, herege – disse um dos homens, agarrando Walter pelo braço.

O cego, que sabia falar vários idiomas europeus, respondeu em espanhol:

– Herege? Não. Eu creio em Deus.

– Que deus exatamente?

– O mesmo Deus em que acredita o senhor!

– Mas o meu Deus diz que não se deve roubar.

– O meu Deus diz o mesmo.

– Então por que roubaste nas cidades espanholas pelas quais passaste?

– Quem disse isso é um mentiroso e deveria ser enforcado! – indignou-se Walter.

– Forca? Sabe que me deste uma boa ideia?

Foi assim que Walter Nacht desapareceu da vida de Guilherme: conduzido à cadeia de Cádiz, lá foi enforcado.

6 O JESUÍTA

POR VÁRIOS DIAS, Guilherme percorreu as ruas de Cádiz tentando arranjar algum trabalho. Sabia falar algumas palavras em espanhol, mas seu sotaque soava tão estranho que as pessoas riam muito quando ele as abordava. Divertiam-se também pelo fato de o garoto ter os cabelos daquele vermelho vivo e por ser muito sardento. Raramente alguém lhe dava um pedaço de pão.

Certo dia, no meio da tarde, cansado e faminto, ele adormeceu junto a um chafariz. Aterrorizado por um pesadelo terrível, pôs-se a gritar em voz alta. Foi então despertado por alguém que o sacudia e que lhe perguntava em alemão:

– Como vieste parar aqui, meu filho?

Guilherme abriu os olhos e viu que era observado com interesse por um homem de cabelos brancos e olhos azuis.

– Se o senhor me der um pedaço de pão, eu lhe conto minha história.

Por uma hora, durante a qual devorou quatro pães e engoliu quatro canecas de leite, o garoto contou o que lembrava da sua infância junto aos pais, falou dos anos no orfanato e das viagens com Walter Nacht.

– Meu filho, é um milagre que sejas tão educado, mesmo tendo passado muito tempo em companhia de um vigarista mentiroso. O meu nome é Antônio Seppmayer e eu sou um padre jesuíta. Amanhã, cedo, partirei para o Novo Mundo...

– Novo Mundo? É justamente para lá que eu quero ir.

– Vou me dedicar às missões – continuou o sacerdote. – Nós estamos formando cidades onde reunimos os índios guaranis para ensinar a eles o Evangelho de Jesus Cristo.

– O senhor me levaria junto?

Depois de refletir, o padre disse:

– Virás comigo porque, se ficares aqui, morrerás de fome.

Naquela noite, em segredo, Antônio Seppmayer conduziu Guilherme ao navio *Esperanza* e o escondeu em sua cabine, mais exatamente debaixo de sua cama.

– Permanecerás escondido aqui o tempo todo.

7 TARAMELA

NA MANHÃ SEGUINTE, o navio zarpou para a longa viagem.

Padre Antônio passava o dia no convés em companhia de outros quarenta jesuítas. Na maior parte do tempo eles rezavam, mas de vez em quando tocavam instrumentos musicais e cantavam. Ao se recolher à noite, o sacerdote levava sempre alguns biscoitos duros como pedras para Guilherme.

Sem poder circular pelo barco, o menino espiava por uma pequena janela o que ocorria no convés. Foi desse posto de vigia que certo dia ele viu algo impressionante.

Um marinheiro baixote e barrigudo, careca mas dono de um largo bigode que lhe atravessava a cara, colocou-se no centro do convés com uma espécie de cajado na mão e começou a falar em voz alta numa língua que não era espanhol, embora fosse bastante parecida.

Aquela língua era o português, que pouco depois Guilherme dominaria com facilidade. O baixote bigodudo era Joaquim Manuel Trovão Taramela, o cozinheiro de bordo, exímio lutador do jogo de pau, uma espécie de arte marcial praticada pelos portugueses.

Pelos gestos desaforados do homem, o garoto compreendeu que ele desafiava os marinheiros para um combate.

Apresentou-se logo um sujeito gigantesco, de cabeça raspada e brincos grandes como rodas de carroça, empunhando um grosso porrete. Certo de que racharia o adversário pelo meio, ele ergueu o braço e preparou um golpe violentíssimo. Mas, num movimento incrivelmente rápido, Taramela acertou-lhe uma tremenda paulada na canela. O grandalhão saiu pulando num pé só e uivando de dor.

O segundo a se oferecer para o desafio, armado com um imenso cajado, foi um moreno de olhos oblíquos cuja cabeleira negra, presa numa trança, lhe descia pelo meio das costas até a cintura. Inesperadamente, ele deu um golpe que teria matado o português, se o tivesse acertado.

Recuando um passo, Taramela acertou-lhe um forte golpe na parte posterior dos joelhos que o jogou para o alto e depois o fez cair sobre o piso duro do navio. A seguir, dois outros valentões que se dispuseram a lutar sofreram derrotas ainda mais rápidas e dolorosas.

Entusiasmado com a habilidade do português, Guilherme aplaudiu e gritou:

– Bravo!

Foi então descoberto pelo primeiro derrotado que ainda saltitava dolorosamente nas proximidades da cabine do padre Antônio.

– Vou jogar-te ao mar! – gritou o homenzarrão, pegando Guilherme pelo pescoço. – Na água comemorarás melhor nossa derrota para o português.

Assim que ele deixou a cabine carregando Guilherme como a um frango, o padre Antônio passou-lhe uma rasteira. O marinheiro dos grandes brincos mergulhou de cabeça contra a amurada do navio produzindo um estrondo tão forte que religiosos e tripulantes se aproximaram para ver o que estava acontecendo.

– O garoto viaja clandestino! – gritou um marinheiro. – Vamos jogá-lo para os tubarões, embora não se saiba se eles comem pessoas com cabelos dessa cor.

– Vocês não têm vergonha? – ralhou o sacerdote, colocando-se à frente de Guilherme. – Ele é apenas um menino de doze anos e vocês são uns barbados...

– Mas nós trabalhamos para pagar nossa comida – retrucou um magricelo. – O fedelho viaja de graça.

– Sumam da minha vista! – ordenou o padre Antônio. – A partir de hoje ele trabalhará para garantir seu pão.

Daquele dia em diante a viagem melhorou para Guilherme porque ele foi encarregado de ajudar o cozinheiro do navio.

– Miúdo, no intervalo entre as refeições, ensinar-te-ei os segredos do jogo de pau – disse o Taramela. – Trata-se de uma arte que os pastores da minha terra praticam há séculos para castigar os ladrões que tentam roubar-lhes as ovelhas.

Habilidoso, o garoto aprendeu a manejar com perfeição aquela arma primitiva, também chamada pelo português de varapau. E como Taramela era um grande falastrão, logo Guilherme começou a arriscar suas primeiras frases na língua portuguesa.

8 TERRA

CERTA MANHÃ, sessenta dias depois da partida de Cádiz, o navio foi visitado por uma ave enorme que se acomodou na amurada e fitou os marinheiros com um olhar desafiador. Todos ficaram espantados porque não imaginavam que pudessem existir pássaros como aquele, cujas asas abertas mediam mais de três metros.

– Se todos os animais do Novo Mundo são tão grandes quanto este passarinho, certamente as vacas daqui devem ter uns dez metros de altura – disse um marinheiro.

Depois de meia hora de repouso, o condor-dos-andes abriu suas gigantescas asas, lançou-se num rasante sobre o mar, alçou voo e voltou para o lugar de onde viera.

– Estamos muito próximos do Novo Mundo – disse o padre Antônio. – Graças a Deus, chegamos vivos até aqui.

Como para confirmar as palavras do padre, o homem que estava de vigia na gávea gritou:

– Terra à vista!

Houve comemoração a bordo, mas eles ainda navegaram durante três dias até ancorarem diante de uma então pequenina cidade chamada Buenos Aires.

9 SILÊNCIO

APÓS ALGUNS DIAS de descanso, os padres partiram em direção às cidades que haviam criado para proteger os índios guaranis. Naquela época, grupos armados de aventureiros saíam pelo interior do continente aprisionando os indígenas para vendê-los como escravos.

Nessas cidades, também conhecidas como reduções, os jesuítas ensinavam o Evangelho de Jesus Cristo e davam aulas de artes e ofícios aos nativos do continente.

A viagem para as reduções foi feita em dez grandes balsas. Para construir essas embarcações, os índios abatiam as árvores mais grossas e mais altas. Amarrando quatro troncos, de vinte metros de comprimento por dois metros de circunferência, faziam uma balsa sobre a qual montavam uma casinha de paredes de couro e teto de palha para que os padres pudessem se abrigar do sol forte. Trinta índios remavam em cada canoa.

Guilherme ficou muito espantado com o fato de os índios quase não falarem. Quando tinham alguma coisa a dizer a seus companheiros, falavam em voz extremamente baixa. No quarto dia de viagem, o menino notou que os remadores pareciam ainda mais silenciosos. Eles enfiavam o remo delicadamente na água e mantinham os olhos fixos nas matas que cercavam o rio.

– Por que estão tão calados? – perguntou Guilherme.

O padre Antônio, que falava guarani, repetiu a pergunta para o chefe dos remadores. E depois traduziu a resposta:

– Porque estamos passando pelas terras dos cauababás.

– Quem são eles? – perguntou o menino, arrepiado. Aquelas palavras o haviam assustado.

– São os índios que moram nessas matas – respondeu o padre. – Eles não têm nenhum deus. Passam o tempo todo em guerra, atacando outras tribos. Se vencem um combate, não fazem prisioneiros. Em vez disso, matam todos os adversários que sobreviveram à luta.

– Por que são chamados de cauababás?

– Na língua deles, a palavra cauababás significa "gente sem pelos". Todos eles, homens ou mulheres, raspam o cabelo no alto da cabeça usando uma espécie de lâmina feita com bambu. E raspam também todos os pelos do corpo. Arrancam até as pestanas para enxergar melhor durante os combates.

A partir daquele momento, Guilherme não tirou mais os olhos das matas. Por isso, ele foi o primeiro a avistar os atacantes.

10 GRITARIA

– *ACHTUNG!*[1] – gritou o menino, apontando para a parte mais cerrada do mato, onde tinha avistado um arqueiro em posição de tiro.

Um segundo depois, um dos remadores caiu na água, com o coração trespassado por uma flecha. Imediatamente os guaranis soltaram os remos e se deitaram na balsa de barriga para cima. Dois outros remadores foram abatidos por flechadas. Nenhum deles soltou um só gemido.

Segurando os arcos com os pés e puxando a corda com as mãos, os guaranis começaram a atirar suas flechas para a margem. Guilherme viu quando dois cauababás caíram do alto das árvores onde estavam empoleirados.

Pela abertura da tenda de couro, Guilherme reparou que, da balsa que vinha atrás da deles, os remadores também lançavam flechas.

As balsas seguiam lentamente seu rumo pelo meio do rio. Guilherme foi então acometido por um arrepio. E se a balsa em que viajava fosse para os lados da margem, o que aconteceria?

De repente, os atacantes passaram a lançar suas flechas para o alto. Guilherme viu quando dezenas delas subiram ao mesmo tempo e, pouco depois, começaram a descer. Aquela verdadeira chuva de flechas sobre a balsa fez mais quatro vítimas: um padre, que havia colocado a cabeça para fora da tenda, e três guaranis.

– Assim, eles vão acabar matando todos os nossos remadores! – comentou Guilherme.

– Esse foi o último ataque – explicou padre Antônio. – Eles só jogam para o alto suas últimas flechas. Amanhã não seremos mais atacados.

Em seguida, quando a escuridão tomou conta de tudo, começou uma gritaria assustadora nas margens do rio. Urrando como animais selvagens e piando como pássaros noturnos, os atacantes comemoravam o fato de terem matado tantos guaranis.

1. "Atenção!", em alemão. [N. A.]

11
VIGILÂNCIA

DOIS DIAS DEPOIS, as balsas chegaram a Itapeju, uma redução recém-fundada, que seria comandada pelo padre Antônio. Ali Guilherme e o padre despediram-se dos demais jesuítas, que seguiriam para seus postos rio acima.

Aos sessenta anos, o padre Antônio era um trabalhador incansável. Começava seu dia ainda antes do nascer do sol, fazendo suas orações pessoais. Rezava uma primeira missa ao amanhecer e uma segunda ao final da tarde. Ao longo do dia, ele se dividia entre as oficinas da missão: numa ensinava aos índios a arte de esculpir em barro ou em madeira; em outra dava aulas de costura; em outra ensinava caligrafia para os que fariam depois cópias da Bíblia em idioma guarani. A oficina de que o jesuíta mais gostava era a de instrumentos musicais, na qual eram produzidos violões, violas, flautas e tambores.

Padre Antônio escrevia músicas para contar os episódios da vida de Jesus Cristo: nascimento, pregações e morte. Os guaranis aprendiam com mais facilidade aquilo que lhes era ensinado por meio de canções.

Como mostrou excepcional habilidade para trabalhar com madeira, Guilherme foi destinado à oficina de instrumentos musicais. Mas boa parte do seu tempo livre ele passava em companhia de Xareré, um tcharro que cuidava dos cavalos da missão. De poucas palavras, tendo no rosto sempre uma expressão de tristeza, Xareré o ensinou a cavalgar e a tratar com carinho dos animais. Guilherme nunca soube por que ele havia deixado seu povo para viver entre os guaranis.

O tempo corria depressa. Guilherme nadava no rio, cavalgava pelo pampa e participava das excursões em busca de gado xucro. Cresceu forte e sadio. Aos quinze anos, já era uma cabeça mais alto do que o maior dos guaranis.

Por aqueles dias, o trabalho era intenso em Itapeju porque dentro de um mês seria inaugurada a catedral, um gigantesco templo de tijolos decorado por estátuas de santos esculpidas pelos indígenas. Na festa de inauguração, além de muitas missas, seriam realizados espetáculos teatrais e musicais.

Envolvidos com os preparativos, os guaranis descuidaram da vigilância. Como Itapeju era uma cidade que contava com 5 mil habitantes, não acreditavam que poderia ser atacada, mas...

12
OS MONSTROS

NO MEIO DA MADRUGADA do dia em que seria inaugurado o templo, centenas de estranhos animais irromperam pelas ruas do aldeamento. Eram seres disformes, horrendos, com cabeças imensas e olhos luminosos que piscavam. Tinham quatro pernas e quatro braços e, enquanto corriam, urravam de um modo que deixava assustado até o mais bravo dos guerreiros.

Despertados pelos gritos horripilantes, os guaranis, ainda sonolentos, saíram de suas casas e se defrontaram com aqueles monstros. Mulheres e crianças choravam. Os homens corriam desatinados. Criou-se o caos nas apertadas ruas de Itapeju.

De repente, o fogo irrompeu em uma construção do centro da vila. Como a cobertura das casas era feita com palha-de-santa-fé, o incêndio propagou-se rapidamente. As chamas iluminaram a confusão: as pessoas corriam de um lado para o outro, atropelando-se, perseguidas de perto pelos monstros que ganiam.

Logo a balbúrdia chegou à parte norte da aldeia, onde se achava o templo. Guilherme, que vivia só em uma pequena cabana, saiu para a rua e topou com um desses seres horrendos. No primeiro momento sentiu muito medo e seu impulso foi correr, mas a curiosidade foi maior: que criatura seria aquela que estava à sua frente rugindo e movimentando seus muitos braços e pernas?

Lembrou-se então de uma frase constantemente repetida por Joaquim Manuel Trovão Taramela:

– Nem mesmo o demônio aguenta uma bela paulada na canela. Escuta aqui, miúdo: se um dia aparecer-te o diabo, dá-lhe logo meia dúzia de cacetadas no lombo que ele se apressará em retornar ao inferno.

Guilherme entrou em sua cabana, pegou o varapau que ganhara do marinheiro português e saiu à rua girando-o em alta velocidade. Aplicou cinco fortes pancadas seguidas, na cabeça e nos braços do monstro, o que o fez rugir ainda mais furiosamente.

De repente, um monstro chegou por trás do rapaz e arrebatou-lhe o bastão. Só restou a Guilherme lutar com as mãos. Ao jogar-se sobre o atacante que estava à sua frente, percebeu que os braços inferiores dele eram iguais a braços humanos, enquanto os de cima eram duros, como se fossem apenas de osso.

A enorme cabeça do monstro parecia oca. Sua pele era áspera, como couro de boi. Os roncos saíam-lhe do peito que, de tão estufado, parecia recheado de palha. Mas o mais terrível eram aqueles olhos escuros que de vez em quando emitiam uma fraca luz amarela.

Guilherme deu um murro na cara do monstro. Usou de tanta força que a cabeça dele saltou longe. Espantado, o jovem constatou que o atacante continuava vivo. Passou-lhe então uma rasteira, que o lançou ao solo. Voltou-se para trás e, com um salto, voou com os dois pés no peito fofo daquele que lhe havia roubado o varapau, jogando-o longe.

Mal recuperou seu bastão, Guilherme se viu cercado por meia dúzia de inimigos. Começou a bater neles com golpes rápidos e certeiros. Quando os acertava nos braços de cima, eles não reagiam, mas, quando lhes batia nos de baixo, eles gemiam. E fugiam correndo.

Quando se viu livre dos atacantes, Guilherme decidiu ir até a catedral. Como estaria o padre Antônio? Precisava protegê-lo, pois ele era um homem de idade. Entrou na sua cabana, pegou o arco e a aljava com as flechas e correu na direção do templo.

13 VAGA-LUMES

O DIA AINDA NÃO NASCERA, mas já se podia enxergar ao longe por causa do clarão que se erguia da aldeia incendiada.

Guilherme viu na frente da igreja o padre Antônio e os vinte guaranis que formavam sua guarda pessoal, homens que tinham como missão defender o jesuíta mesmo que precisassem sacrificar a vida por ele.

Abraçando Guilherme, o padre Antônio disse:

– Lutaremos até a morte, mas esses seres diabólicos não entrarão na casa de Deus.

Nesse momento, uma linha de monstros formou-se exatamente em frente à catedral. Ombro a ombro, eles ocupavam toda a extensão da praça. E logo começaram a avançar dando as cabriolas mais assustadoras e soltando urros de gelar o sangue.

– Preparem-se para enfrentá-los – foi a ordem de padre Antônio.

Os índios empunharam seus tacapes. Guilherme colocou-se no meio deles, com o arco na mão.

– Sai daqui, rapaz – rogou o padre Antônio. – Você é jovem demais para morrer.

Guilherme apontou com a mão esquerda para os inimigos, que avançavam lentamente, e disse:

– Acho que eles preferem que nós saiamos correndo. Não parecem interessados no combate.

– O que você quer dizer com isso? – perguntou o sacerdote.

Sem responder, o rapaz lançou quatro flechas, tendo como alvo aquele que parecia ser o líder da invasão, o mais alto e mais forte de todos, o que marchava exatamente no centro da linha. As flechas cravaram-se uma a uma nos quatro braços do atacante. As duas primeiras atingiram os braços de cima, e não houve nenhuma reação. Mas, quando as outras lhe entraram pelos inferiores, ele imediatamente caiu de joelhos e levou os braços feridos ao peito.

Na sequência, numa velocidade espantosa, Guilherme disparou seis flechas que acertaram os braços inferiores dos que estavam próximos do líder. E também eles rolaram pelo chão, feridos.

– O está acontecendo? – perguntou o padre Antônio.

– Eles não são monstros – respondeu Guilherme. – São homens fantasiados. Eles fabricaram uma armadura de couro de vaca e colocaram dentro dela dois braços e duas pernas de pau. A cabeçorra também é falsa. É uma cabeça de boi, com chifres de veados no alto.

– Mas como se explica o brilho demoníaco dos olhos deles?

– São vaga-lumes, padre. Eles prenderam os bichinhos dentro das cabeças de boi.

– Isso só pode ser coisa dos ardilosos cauababás – comentou o sacerdote, pensativo.

Carregando seus companheiros feridos pelas flechadas de Guilherme, os atacantes deram as costas à catedral e correram para a aldeia. E logo desapareceram entre as casas.

O dia finalmente havia nascido. Com lágrimas nos olhos, o padre Antônio voltou-se para Guilherme:

– Perdemos a cidade, mas felizmente salvamos a catedral.

– Ainda é cedo para dizer isso – retrucou Guilherme ao mesmo tempo que apontava para o outro lado da praça.

14
ARQUEIROS

DAS RUAS POR ONDE haviam fugido os monstros começaram a surgir os cauababás, sem disfarces. Vinham com as caras pintadas de vermelho, sinal de que estavam dispostos a levar o embate até o final. Como os monstros antes, eles formaram uma linha, composta de cerca de cem homens armados com bordunas de um metro de comprimento.

– Vamos acabar logo com esses bandidos! – gritou um dos guaranis, agitando seu tacape.

– Espere! – disse Guilherme. – Se atacarmos agora, eles se deitarão e os arqueiros, que estão escondidos entre as casas, poderão nos atingir. Vamos esperar que cheguem mais perto.

Mesmo ansiosos para lutar, os responsáveis pela proteção de padre Antônio permaneceram imóveis e em silêncio até que os inimigos chegaram a vinte metros da catedral. Então, a uma ordem de Guilherme, eles formaram um triângulo e correram para o centro da linha adversária. Atacaram lançando seus gritos de guerra e dando golpes certeiros com seus tacapes.

Surpreendidos com aquela estratégia, os cauababás não souberam reagir. Abandonaram a luta e correram em direção ao casario. Cinco guaranis foram atrás deles, golpeando-os pelas costas.

– Voltem! – gritou Guilherme.

O aviso chegou tarde. Os guerreiros guaranis foram abatidos a flechadas por arqueiros escondidos em meio às casas que davam de frente para o templo.

15
FUGA

NA CATEDRAL, Guilherme sugeriu ao padre Antônio, que havia permanecido ali:

– Vamos fugir, padre. Depois, a gente reúne os guerreiros e volta para libertar a cidade.

– Estou velho demais para fugir – respondeu o sacerdote.

– Os cauababás matarão o senhor – argumentou o rapaz. – Eles não fazem prisioneiros.

– Vai embora. Vai até o Cerro Azul. Reúne lá os nossos guerreiros e volta o mais rápido possível para evitar que os cauababás destruam a catedral.

Guilherme sabia que o mais sensato naquele momento era mesmo escapar para um local onde pudesse preparar um contra-ataque, mas sentiu que não poderia abandonar o homem que se transformara em seu segundo pai.

– O que é aquilo? – perguntou um guarani.

Guilherme e o padre Antônio voltaram-se para olhar e, espantados, viram sair das ruas estreitas algumas árvores baixas mas copadas.

– É feitiçaria! – murmurou um guerreiro, assustado.

– Parece mesmo um milagre – concordou o padre Antônio.

– É apenas mais uma manobra dos cauababás – explicou Guilherme. – Cada árvore tem por trás um guerreiro. Protegidos pelo caule, eles virão até aqui sem que possamos atingi-los com flechas.

Lentamente, dezenas de árvores de dois metros de altura começaram a avançar para a catedral. Atrás do homem que carregava o tronco, marchavam mais dois, um com o arco pronto para disparar e o outro com uma borduna na mão.

De repente, não resistindo à tensão, o padre Antônio caiu desmaiado. Guilherme colocou o arco atravessado no peito, tomou o jesuíta nos braços e disse aos guaranis:

– Vamos fugir pelos fundos da igreja!

Rapidamente, eles entraram no templo e se encaminharam para o altar. Atravessando a sacristia, passaram para o pátio traseiro. Como não viram sinal do inimigo, saíram para o pomar, mas foram surpreendidos por flechas vindas das árvores.

16 PASSARINHOS

OS GUERREIROS GUARANIS caíram todos quase ao mesmo tempo, atingidos por flechas. O único a escapar da morte imediata foi Guilherme porque as setas disparadas contra ele atingiram o padre Antônio. Uma delas foi fatal: entrou pelo lado esquerdo do torso do sacerdote, passou entre as costelas e atravessou-lhe o coração.

O rapaz ajoelhou-se, colocou o jesuíta agonizante no solo e levantou-se para lutar. Foi imediatamente alcançado por três flechas. A primeira atingiu sua coxa direita, a segunda cravou-se no braço esquerdo, mas o ferimento mais grave foi causado pela terceira flecha, que atravessou seu peito, pouco acima do coração. Guilherme caiu de costas, atordoado pela dor. Vendo no céu um bando de caturritas em revoada, murmurou:

– Veja, padre, seus passarinhos prediletos estão desfilando para o senhor.

Virando o rosto para o lado, o rapaz percebeu que o sacerdote estava morto. Fechou os olhos e pensou: "Daqui a pouco também eu estarei no céu".

Foi então que ele ouviu vozes que fizeram seu sangue gelar.

Era a gritaria guerreira dos cauababás, a algazarra selvagem que ele escutara após o ataque à balsa. O som vinha do pomar e se aproximava rapidamente.

Abriu os olhos para enfrentar a morte.

17
DOR

– O GUERREIRO DOS CABELOS DE FOGO não merece morrer a golpes de pau como um cachorro sarnento – disse uma voz potente.

Guilherme viu-se rodeado por vários cauababás, que empunhavam lanças e bordunas e que o olhavam com ódio.

– Ele é corajoso. Merece morrer lutando.

O rapaz encarou o homem que falava. Uma grossa cicatriz atravessava-lhe o pescoço de lado a lado. Aquele só podia ser o famoso Duas Caras, o cacique que conseguira fugir dos espanhóis quando eles tentavam degolá-lo.

– Agora ele vai enfrentar as serpentes – continuou o homem da cicatriz. – Terá uma morte rápida, mas muito dolorosa.

– Prefiro morrer a viver entre pessoas cruéis – retrucou Guilherme.

Aquela resposta espantou os cauababás.

– Como aprendeste a nossa língua? – perguntou um jovem guerreiro.

– Com um cauababá que foi para Itapeju em busca de paz – respondeu Guilherme. – Ele estava cansado de tantas guerras.

– Paz, jamais! – o jovem guerreiro cuspiu. – Esse homem era um covarde.

– Chega de conversa! – cortou o cacique. – Levaremos o branco enrolado num couro de boi como se ele fosse uma velha de perna quebrada!

Depois que seus homens pararam de rir, Duas Caras agachou-se ao lado de Guilherme:

– Presta atenção, Guerreiro dos Cabelos de Fogo: agora, eu vou te fazer um grande favor.

A um sinal de Duas Caras, vários homens seguraram os braços e as pernas de Guilherme, colocaram-no de lado sobre o flanco esquerdo do corpo e o imobilizaram.

O cacique então quebrou a parte emplumada da flecha que atravessava o peito de Guilherme. Em seguida, com o arco distendido, deitou-se na frente do rapaz e pôs a corda no que restava da flecha. E soltou-a de um só golpe.

O pedaço de flecha, que atravessara o peito de Guilherme de um lado a outro, voou impulsionado pelo arco do cacique. O movimento foi tão rápido que o rapaz só percebeu a chicotada da corda contra seu peito. Não chegou a sentir dor.

– Agradece ao teu Deus por seres meu prisioneiro – continuou o cacique. – Se estivesses com os brancos, morrerias com a flecha cravada no peito.

Como viviam em guerra, os cauababás tinham desenvolvido técnicas eficientes para tratar de seus guerreiros feridos.

Guilherme foi deitado de costas sobre o solo. O cacique colocou os pés sobre o braço esquerdo do rapaz e pegou com firmeza a flecha com as duas mãos. Com um movimento muito rápido, girou a flecha e a arrancou do ferimento.

Como o rapaz deixou escapar um gemido, o cacique sorriu com crueldade:

– Tua perna vai doer ainda mais.

Quando Duas Caras retirou a seta cravada em sua coxa, também com um movimento circular seguido de um puxão, Guilherme desmaiou.

18
FAMA

DURANTE CINCO DIAS os cauababás marcharam rumo às matas onde viviam. Mesmo sabendo que eles eram grandes guerreiros, Guilherme espantou-se com o comportamento que exibiram durante a marcha. Os mais de mil homens se moviam em silêncio. Ninguém pronunciava uma só palavra. E eles caminhavam o mais rapidamente possível, com o homem de trás colocando o pé em cima de onde pisara o que estava na sua frente. Faziam aquilo para que seus adversários não soubessem quantos eram.

Certa noite, quando se acomodavam para dormir, o cacique aproximou -se da padiola em que Guilherme estava deitado. Falastrão, passou a vangloriar-se. Disse que era o maior guerreiro daquelas terras porque já havia derrotado vários outros povos indígenas, como os tenoas, os treretês e os maparés.

– Depois do ataque a Itapeju, serei famoso para sempre.

– Serás tão famoso que guerreiros de outras tribos virão atrás de ti – retrucou o jovem. – Virão para te matar e, assim, se tornarem mais famosos do que tu.

Duas Caras ficou impressionado com aquela afirmação. Como estava acostumado a lidar com os comandantes portugueses e espanhóis, os quais sempre conseguia enganar, ele considerava todos os brancos tolos.

19 CONVERSAS

POR FIM, chegaram às florestas de pinheiros onde os cauababás viviam havia séculos. Guilherme já não sentia muita dor nos ferimentos, sobre os quais os índios haviam colocado infusões de ervas medicinais.

Mal a padiola em que ele era trazido foi depositada no chão, no centro da aldeia, um guerreiro dirigiu-se a Duas Caras:

– Grande chefe, é da tradição do nosso povo que o prisioneiro inimigo seja imediatamente lançado às serpentes.

– O Guerreiro dos Cabelos de Fogo precisa se restabelecer – disse o cacique. – Se fosse jogado às cobras agora, morreria em pouco tempo. Seria um espetáculo sem graça. Quando estiver são, ele lutará bravamente e isso vai divertir nossa gente.

O argumento de Duas Caras foi aceito, mas a verdade é que ele desejava ter mais tempo para conversar com o prisioneiro, o qual considerava corajoso e inteligente.

Guilherme foi acomodado numa pequena cabana, amarrado pelos pés e pelas mãos. Duas vezes por dia, recebia comida que lhe era trazida por uma jovem índia belíssima, que não dizia uma só palavra. Ela era a única na aldeia que não tinha o alto da cabeça raspado. Em geral, a garota servia-lhe pinhão assado e frutas. Só raramente trazia carne de macaco ou de anta porque os cauababás evitavam caçar para não estragar suas flechas, cuja confecção era trabalhosa. À noite, vigiado por dois jovens guerreiros, ele conversava com Duas Caras.

O rapaz sabia que o cacique era cruel e mentiroso, mas dava-lhe trela a fim de obter informações que o ajudassem a fugir dali. Começou fazendo perguntas inocentes sobre os estranhos hábitos dos cauababás. Pelo seu lado, Duas Caras queria saber tudo sobre as cidades da Europa que Guilherme conhecera e também sobre a sua longa viagem através do oceano. Numa noite em que os dois conversavam, um grupo de guerreiros se aproximou deles.

– Passaram-se duas luas; o branco já está recuperado, mas ainda não foi jogado às serpentes – disse um guerreiro conhecido por sua bravura. – Por isso, na noite passada, os deuses mandaram muitos trovões para nos lembrar do que ordena nossa lei.

Guilherme já havia percebido que o que mais assustava os cauababás era o estrondo dos trovões.

Mesmo lamentando perder seu companheiro de conversação, o cacique teve que ceder:

– Sim, o Guerreiro dos Cabelos de Fogo já está forte novamente – disse ele. – Amanhã, ele será levado ao Ninho de Todos os Venenos.

20
SERPENTES

AO NASCER DO DIA SEGUINTE, com as mãos amarradas às costas, Guilherme foi conduzido a uma colina. No meio da encosta ficava o que os índios chamavam de Ninho de Todos os Venenos. Era uma escavação natural, uma espécie de cova de quatro metros de profundidade, estreita, que se estendia por aproximadamente dez metros de comprimento. Naquele local havia dezenas de ninhos de várias espécies de cobras venenosas, que ali eram mantidas e alimentadas pelos feiticeiros da tribo.

Em silêncio, os índios reuniram-se em volta da cova. Todos tinham pedras nas mãos. Se Guilherme tentasse escapar, seria morto a pedradas.

Duas Caras disse em voz alta:

– Guerreiro dos Cabelos de Fogo, tens direito a escolher uma arma para enfrentar as cobras peçonhentas. O que desejas, um tacape ou uma lança?

– Quero um galho de árvore com a ponta dividida em duas – explicou o rapaz.

– Não pode! – gritou uma índia idosa.

– Pode, sim! – retrucou Duas Caras. – Não tem importância se um pedaço de madeira tem a forma de uma borduna ou se tem a ponta separada em duas partes.

Apontando para uma árvore próxima, o cacique disse a Guilherme:

– Escolhe o galho que quiseres.

As mãos do jovem branco foram desamarradas e ele se encaminhou à árvore e dela escolheu um galho grosso, cuja ponta se bifurcava em galhos mais finos. Depois, com uma faca, ele preparou rapidamente uma espécie de varapau que terminava em forquilha.

Conduzido à beira da cova, Guilherme olhou para baixo e viu algumas serpentes coloridas entre as pedras. Umas imóveis, tomando sol; outras se movendo lentamente. Havia uma belíssima cobra multicolorida, com anéis amarelos e vermelhos. Outra era uma cascavel de dois metros que sacudia ameaçadoramente seus chocalhos. O jovem assustou-se ao ver uma imensa serpente esverdeada. Por fim, tremeu ao vislumbrar uma pequena urutu, cujo veneno destrói rapidamente os tecidos musculares.

Calculou que entre a vegetação e sob as pedras haveria um número bem maior daqueles animais venenosos. Ergueu os olhos para o céu e começou uma oração, mas não pôde acabá-la. Alguém o empurrou pelas costas, jogando-o às serpentes.

21
LIBERDADE

GUILHERME LEVANTOU-SE rapidamente e entrou em ação. Segurando o galho como se empunhasse uma pá, ele dirigia a forquilha até onde estava uma serpente, pegava-a pelo meio do corpo e a jogava a grande altura.

No começo, os índios se afastaram da borda do Ninho de Todos os Venenos, achando que os animais desabariam sobre eles, mas logo perceberam que as cobras caíam todas sempre no mesmo lugar. Ao se chocarem contra as pedras pontudas que havia ali, muitas morriam. As sobreviventes, feridas e furiosas, atacavam-se umas às outras.

– Isso não é permitido! – reclamou alguém.

– O que não foi proibido pelos ancestrais é permitido – argumentou Duas Caras, impressionado com a manobra bem-sucedida do prisioneiro.

Guilherme se pôs então a caçar as serpentes escondidas sob as pedras, as quais também jogava para o alto. Para fugir daquele estranho predador, muitos animais escalavam velozmente pelas paredes do fosso, o que fez com que mulheres e crianças recuassem em pânico. Apenas os guerreiros permaneceram imóveis, mesmo correndo o risco de levarem uma picada mortal.

– O Guerreiro dos Cabelos de Fogo venceu a prova! – gritou o cacique, exultante. – Isso nunca ocorreu antes. Acho que ele merece a liberdade.

22 HONRA

– NÃO! – exclamou um dos homens mais velhos da tribo. – Até hoje nenhum prisioneiro dos cauababás escapou com vida.

– Proponho que o Guerreiro dos Cabelos de Fogo seja submetido a uma segunda prova – retrucou Duas Caras. – Como mostrou esperteza e coragem ao enfrentar as serpentes, devemos aplicar ao caso dele a lei que aplicamos aos caciques inimigos.

Um burburinho seguiu-se às palavras do cacique. Os índios estavam divididos. Segundo a lei, caciques adversários não poderiam ser mortos por serpentes, animais rastejantes. Para eles, era reservada uma morte mais digna: eram obrigados a enfrentar um puma.

Puma era o nome dados pelos cauababás ao leão-baio, o maior felino das Américas.

– Quem acha que o Guerreiro dos Cabelos de Fogo merece a morte dos caciques, que levante o braço!

A maioria ergueu a mão.

Feliz por ter ganhado mais tempo para conversar com Guilherme, Duas Caras acrescentou:

– Durante duas luas nós caçaremos. Ao fim, escolheremos o puma que o Guerreiro dos Cabelos de Fogo enfrentará.

Nos dias que se seguiram, enquanto os guerreiros caçavam, Guilherme e Duas Caras embrenharam-se em intermináveis conversas, interrompidas somente pela chegada da jovem índia que levava comida e água para eles.

– Por que essa menina não corta o cabelo como as outras? – perguntou Guilherme intrigado.

– Porque ela não é da nossa tribo. Ela se chama Ajataí e é filha de Braoré...

– Braoré? – espantou-se o rapaz. – O famoso cacique dos tcharros?

– Sim – respondeu Duas Caras. – Nós a raptamos quando ela nadava no rio Ibaetê.

– Por que vocês a raptaram?

– Por que a tradição manda. Desde os tempos antigos nós raptamos donzelas de outras tribos. Quando os guerreiros dessas tribos vêm recuperar suas jovens, nós os enfrentamos em combate.

– Por que vocês gostam tanto de viver em guerra?

– Não se trata de gostar ou não – respondeu o cacique. – O que eu sei é que guerreiros vivem para matar...

– E morrer! – interrompeu Guilherme.

– Sim, para morrer em combate – concordou o cacique. – A maior honra para um guerreiro cauababá é perder a vida em combate.

Lembrando-se do que lhe dizia o padre Antônio, Guilherme rebateu:

– A maior honra que um homem pode ter é praticar o bem.

Por uns minutos eles permaneceram em silêncio, até que, levantando-se, com o rosto sombrio, o cacique disse em voz baixa:

– Por falar em morte, prepara-te. Amanhã, quando o sol chegar ao ponto mais alto, tu enfrentarás o puma.

23
O VOO

CENTENAS DE ÍNDIOS reuniram-se à beira do rio, numa grande área plana, em cujo centro fora colocada uma jaula construída com troncos finos mas resistentes, amarrados com embiras.

O leão-baio que se movimentava incessantemente pela jaula, ronronando, era um animal magnífico. Sua pelagem era cinza-prata, com manchas mais claras na parte de baixo do corpo. Do focinho à ponta do rabo teria uns dois metros. Pesava cerca de cem quilos. Como não comia havia três dias, o animal lançava olhares gulosos ao redor, pronto para saltar sobre alguém.

Soaram os tambores. Abriu-se um espaço na multidão para a passagem de Duas Caras, que surgiu seguido por dez guerreiros armados de tacape. No meio deles, caminhava Guilherme, com as mãos amarradas às costas.

Diante da jaula, em voz alta, com ar solene, o cacique dirigiu-se ao rapaz:

– Guerreiro dos Cabelos de Fogo, terás direito a usar uma arma para enfrentar o puma. Queres um tacape ou uma lança?

– Quero uma acha de lenha do comprimento da minha mão.

Surpreso com aquela exigência, Duas Caras perguntou:

– Zombas do povo cauababá?

– Não. Quero apenas a arma mais indicada para enfrentar um puma.

Nesse momento, a prisioneira tcharro estendeu a Guilherme um pedaço de madeira de pouco mais de vinte centímetros.

Obedecendo a um movimento de cabeça do cacique, a porta da jaula foi rapidamente aberta e Guilherme empurrado para dentro.

Por alguns segundos, o leão-baio permaneceu imóvel. Então, lentamente, agachou-se. Parecia estar se preparando para dormir, mas na verdade armava o bote para a bela refeição que fora posta diante dele. De repente, sem fazer o mínimo ruído, ele saltou.

24
O DEMÔNIO DOS BRANCOS

GUILHERME PERMANECEU parado, com os braços caídos ao lado do corpo. Na mão direita segurava pelo meio a acha de lenha. Quando o animal, em pleno voo, encontrava-se a cerca de um metro dele, ergueu o braço e enfiou a mão na bocarra escancarada.

O pedaço de pau, entalado entre as mandíbulas do bicho, impediu o leão-baio de fechar a boca. Com um movimento muito ágil, Guilherme saltou nas costas do animal e o montou, como se ele fosse um cavalo bravio. Trançou firmemente os pés por baixo da barriga do puma, passou os braços em volta do pescoço dele e começou a estrangulá-lo.

Desesperado, sem poder fechar a boca, o leão-baio dava incríveis saltos acrobáticos para livrar-se da carga indesejada. Jogava-se contra as paredes da jaula, fazendo-a tremer; esfregava-se no chão. Mas o rapaz apertava-lhe cada vez o mais o pescoço. Por fim, o animal desabou, desmaiado.

Guilherme retirou o pau que travava as mandíbulas do puma, deixou a jaula e em voz alta dirigiu-se aos índios:

– Como venci as provas impostas pelos cauababás, mereço a liberdade.

– Volta para tua aldeia! – gritou um velho. – Tu és protegido pelo demônio dos brancos!

– Não posso voltar para a minha aldeia – retrucou Guilherme. – Vós a destruístes. E matastes o padre Antônio.

– Mesmo assim, serás libertado! – disse Duas Caras.

– Prefiro que meu direito à liberdade seja repassado a Ajataí.

Aquelas palavras deixaram perplexos os cauababás. Depois de um tempo em silêncio, um guerreiro idoso se levantou:

– Uma antiga lei diz que, se alguém recusa um favor que lhe fazemos, essa pessoa deve lutar contra os dez mais fortes guerreiros da tribo.

Duas Caras dirigiu-se a Guilherme:

– Pensa bem no que vais fazer, Guerreiro dos Cabelos de Fogo! A surra que receberás acabará com tua vida. Ainda podes salvar-te. Basta desistires de trocar de lugar com Ajataí.

– Nunca volto atrás na minha palavra!

– A luta começará depois que pedires ajuda ao teu Deus – disse o cacique e jogou sua borduna aos pés de Guilherme. – Tens direito a uma arma para tua defesa.

O rapaz ajoelhou-se e fechou os olhos. Depois de rezar com fervor um pai-nosso e uma ave-maria, abriu os olhos.

Viu então Ajataí a seu lado, ajoelhada, chorando. Aquela era sem dúvida a menina mais linda que ele havia conhecido. Pensou em pedir-lhe que parasse de chorar, mas não conseguiu articular uma só palavra. Estendeu o braço e com a ponta dos dedos limpou as lágrimas que brotavam dos olhos dela.

– Afasta-te – disse em voz baixa. – Eles vão atacar imediatamente.

25
OSSOS

MAL GUILHERME ACABARA de pronunciar aquelas palavras, uma lança cravou-se diante dele. Assustados, os guerreiros que o cercavam deram um passo para trás. Erguendo os olhos para o alto, um deles perguntou:

– Como pode cair uma lança do céu? Quem a atirou contra nós? Foi o deus dos brancos?

Ninguém teve tempo de responder porque naquele momento explodiu uma gritaria em torno do local onde se encontravam os cauababás. A seguir, ouviu-se um tropel estrondoso, como se uma manada de gado xucro tivesse estourado. Os dez guerreiros que faziam um círculo ao redor de Guilherme correram em direção aos gritos de guerra.

Antes que o rapaz compreendesse o que estava acontecendo, uma pequena e delicada mão lhe pegava o pulso e o puxava para o meio dos cauababás, que corriam desatinados em todas as direções.

– Os tcharros estão atacando – disse Ajataí. – Meu pai veio me buscar.

Logo os dois chegaram à beira do círculo que havia sido formado pelos cauababás, cercados por alguns cavalos que galopavam velozmente em torno deles.

No primeiro momento, Guilherme não conseguiu entender como aqueles animais seguiam um atrás do outro, já que não eram conduzidos por ninguém... Mas logo compreendeu: em combate, os tcharros deitavam-se pelo flanco dos cavalos a fim de se protegeram das flechas e lanças dos adversários.

Se um cauababá conseguisse, por milagre, passar pelo círculo formado pelos cavalos, certamente receberia um golpe mortal de lança.

Quando sentiram que os inimigos não reagiriam, os atacantes diminuíram a marcha dos cavalos. E logo assumiram a posição normal de montar, sobre o lombo do animal.

Guilherme ficou impressionado com o que viu. Todos os tcharros possuíam longas cabeleiras que lhes caíam pelo meio das costas até a cintura. Todos eles exibiam no queixo barbichas enfeitadas com ossos de animais. Por viverem na planície, sempre expostos ao sol, tinham a pele escura.

26
IGUAIS

QUANDO OS CAVALOS se detiveram, um ao lado do outro, um guerreiro de cabelos brancos se adiantou um pouco e disse na linguagem dos cauababás:

– Onde está minha filha?

Ajataí pegou Guilherme pela mão e o puxou para fora do círculo dos cauababás:

– Aqui estou, meu pai.

O cacique sorriu por um segundo, mas ao ver Guilherme ficou sério:

– Quem é esse homem estranho?

– Mesmo que tu não tivesses chegado com teus guerreiros, eu voltaria para nossa terra. Este é o homem branco que me libertou.

O cacique esboçou um sorriso:

– Homem branco? Melhor seria dizer que ele é um homem vermelho.

– Ele é bravo e generoso, pai.

O sorriso desapareceu rapidamente do rosto de Braoré, que ergueu a cabeça e correu os olhos pela multidão silenciosa:

– Prestem atenção no que vou dizer, cauababás! No tempo antigo vivíamos em guerra entre nós, mas usávamos armas que todos sabiam manusear: lanças, tacapes e flechas. Hoje, os guerreiros brancos têm armas que matam à distância. Suas espingardas lançam pequenas flechas invisíveis, flechas sem corpo, flechas que só têm uma ponta de ferro. Eles também têm armas de bocas imensas que atroam como o mais terrível dos trovões. E sabem que todos nós temos muito medo dos trovões, que são os gritos dos deuses contrariados com nossos erros e maldades. Vocês, cauababás, costumam se aliar aos portugueses para lutar contra os espanhóis. Prestem atenção: o que vocês não sabem é que os portugueses querem o mesmo que os espanhóis: nossas terras, nossos rios, nossas florestas. Embora falem línguas diferentes, eles são mais iguais do que vocês imaginam. Um dia eles se unirão contra nós. Agora, voltem para a aldeia de vocês!

A um sinal de cabeça de Braoré, abriu-se um claro entre os cavaleiros, e os cauababás, correndo, dirigiram-se à mata.

Guilherme montou num belo cavalo negro que os tcharros lhe ofereceram e partiu com eles.

27
GRANDE RIO

APÓS DOIS DIAS de cavalgada, chegaram à aldeia dos tcharros.

Braoré pediu que Guilherme o acompanhasse até sua cabana. Lá, enquanto bebiam chimarrão, o cacique falou:

– Sei que és generoso, porque salvaste a vida da minha filha. Sei também que és ardiloso porque Ajataí me contou como venceste as serpentes e o puma. Por seres possuidor de tantas qualidades, eu quero que sejas um guerreiro tcharro. Aceitas meu convite?

– Aceito – respondeu o rapaz.

– Então, quando entrar a lua grande, serás submetido a uma dura prova. Se venceres, tu viverás entre nós.

Pela tradição dos tcharros, quando chegava à idade de participar das guerras, um rapaz precisava demonstrar que sabia cuidar de si próprio. Então, num certo dia, ele era levado para longe da aldeia por cavaleiros que galopavam velozmente. Ao final de dois dias, era abandonado num local que não conhecia. Sem cavalo ou arma, e despido, recebia ordem de voltar o mais depressa possível para a aldeia. Não havia um prazo para o retorno. Os mais fortes e inteligentes conseguiam voltar em sete ou oito dias.

Como Guilherme era um jovem branco, o conselho dos anciãos da tribo resolveu tornar a prova ainda mais difícil.

Braoré anunciou as condições a Guilherme na noite anterior à sua partida:

– Durante uma mão de dias nossos guerreiros cavalgarão contigo em direção ao local onde nasce o sol. Serás abandonado na margem de um grande rio. Terás de retornar a esta aldeia em outra mão de dias.

28
CHÁ AMARGO

AO NASCER DO SOL, ladeado por seis guerreiros tcharros, Guilherme partiu montado no belo cavalo negro que recebera após a vitória sobre os cauababás. Sentia-se confiante mesmo sabendo que a prova seria dificílima.

Como os animais eram excelentes, eles cavalgavam velozmente em direção ao nascente. Guilherme observava atentamente tudo a seu redor. Quando paravam para comer e dar descanso aos animais, o rapaz registrava na sua mente as matas, as lagoas, os córregos e os rios, as elevações do terreno, todos os detalhes.

Era o auge do inverno. À medida que avançavam, Guilherme sentia mais frio. Ele vestia uma camisa e uma calça de tecido leve que ganhara de Duas Caras.

Na terceira manhã, ao acordar, viu que o capim estava coberto por uma grossa camada de geada. Lembrou-se dos campos cobertos de neve que vira na Europa.

No dia seguinte, quando passavam entre duas coxilhas, notou que pequenos flocos brancos se acumulavam sobre o pescoço do animal que montava. Estava nevando.

Pelo meio da tarde do quinto dia eles se defrontaram com um rio largo de águas revoltas, chamado Ibiravuitá, que cruzaram imediatamente. No outro lado, acompanhando a margem, seguiram em direção ao sul. Quando anoiteceu, os tcharros montaram suas pequenas tendas de couro. Antes de deitar-se, Guilherme bebeu um chá amargo que lhe foi dado pelos índios. Mergulhou quase de imediato num sono pesado, sem sonhos.

29
ESTRATÉGIA

AO DESPERTAR, Guilherme viu-se deitado sobre o chão duro, debaixo de uma árvore galhuda. Como já esperava, fora abandonado ali pelos tcharros. Acordou tremendo de frio e sua primeira reação foi levar a mão à cintura. Percebeu logo que não só sua faca tinha desaparecido: os índios haviam levado também suas roupas. Estava nu como viera ao mundo.

Rapidamente, levantou-se e caminhou em direção ao rio. Não tinha tempo a perder. Da beira da água não conseguiu enxergar a outra margem porque uma névoa cobria o leito do rio. Um arrepio ainda mais forte de frio o sacudiu, e seus dentes começaram a chacoalhar descontroladamente.

"Acho que não vou conseguir cumprir o prazo", pensou.

Lembrou-se então de Ajataí. Queria vê-la mais uma vez. Queria conversar novamente com ela. Queria pegar-lhe a mão.

Respirou fundo.

"Se eu quero ver Ajataí", pensou, "preciso vencer o desafio."

Embora soubesse que era praticamente impossível voltar em apenas cinco dias à aldeia dos tcharros, decidiu tentar. Entrou no rio. Quando a água gelada atingiu sua cintura, começou a nadar. A corrente ali era muito forte, mas ele conseguiu avançar em linha reta. Lembrou-se com saudade das tardes quentes de verão que passara brincando no rio com seus amigos guaranis. Pouco depois, já não sentia frio. Seu corpo funcionava como uma máquina, com pernadas e braçadas sempre iguais.

Aproveitou o tempo, durante a longa travessia, para traçar uma estratégia para viajar o mais rapidamente possível. Antes de tudo, precisava caçar. Mas fazer um arco e flechas seria uma tarefa muito demorada...

30
TOUREIRO

AO ALCANÇAR O OUTRO LADO DO RIO, escolheu entre os seixos da margem os três mais arredondados, todos do tamanho aproximado de um ovo de galinha. Entrou depois na mata que orlava o rio e ali cortou três pedaços de cipó, dois deles com cerca de um metro e meio e o outro bem mais curto. Amarrou uma pedra em cada fio e então uniu as extremidades livres dos fios. Pronto, tinha boleadeiras.

Aquilo que ele fizera era uma cópia tosca do artefato que os tcharros usavam para laçar cavalos selvagens ou gado. A diferença é que os índios cobriam as pedras com couro e utilizavam fios trançados de couro, em vez de cipó.

Ao se defrontar com um bambuzal lembrou-se de que precisava de uma arma. Vira os cauababás fazerem punhais e espadas com bambus. Com uma pedra, cortou um pedaço de um metro e fez nele uma ponta. Os lados do bambu cortavam como verdadeiras facas.

Saiu dali a passos largos, mas de quando em quando se punha a correr. Ao longo do dia, em três ocasiões, ele se alimentou com as frutas que apanhou nas matas à beira dos córregos. Ao final da tarde daquele primeiro dia viu ao longe uma manada pastando.

De repente, um touro jovem destacou-se do grupo e, de cabeça baixa, avançou velozmente na direção de Guilherme. O rapaz olhou ao redor. Não havia por perto uma só árvore na qual pudesse se refugiar. Teria mesmo que enfrentar o animal bravio.

Começou a girar as boleadeiras por cima da cabeça, segurando-as pelo fio mais curto. Quando o touro se encontrava a poucos metros, ele as soltou. Girando, os fios enrolaram-se em torno das patas dianteiras do animal, que caiu em meio a uma nuvem de poeira. Guilherme aproveitou o próprio embalo do touro para enterrar-lhe na nuca a espada improvisada, exatamente como vira um espanhol fazer em uma tourada em Buenos Aires.

– Perdoa-me, amigo – disse o rapaz. – Mas preciso de tua pele para não morrer de frio.

Fez uma fogueira e nela colocou um grande naco de carne. Depois, com sua espada de bambu, retirou a pele do touro, que usou para fazer um poncho, uma espécie de manto que tem apenas uma abertura no centro, pela qual a pessoa enfia o pescoço.

Uma hora mais tarde, alimentado e vestido com o poncho de couro, Guilherme retomou o caminho.

Mesmo quando a noite desceu, ele não se deteve. Apesar de se sentir muito cansado, ainda avançou por várias horas, com passos firmes, guiando-se pelas estrelas. Não tinha tempo a perder.

31
DOMA

ACORDOU COM O NASCER DO SOL. Sentia-se bem-disposto, embora tivesse dormido poucas horas. Levantou-se e passeou os olhos ao redor. Reconheceu o lugar. Por ali havia visto, na viagem de vinda, uma manada de cavalos selvagens.

Ouviu relinchos distantes. Pelo meio das árvores, silenciosamente, caminhou na direção daquele som. Não demorou a ver os animais, pastando à sombra de árvores baixas. Sorrindo, murmurou:

– Por fim, encontro vocês, irmãos cavalos. Estou precisando desesperadamente de uma garupa.

Em silêncio, aproximou-se dos animais. Meio escondido por trás de um arbusto, escolheu aquele que lhe pareceu ser o mais robusto. Sem fazer barulho, girou as boleadeiras e as lançou.

Quando o animal escolhido caiu, enleado pelos fios, a tropilha estourou campo afora. Guilherme correu até o cavalo, livrou-o das boleadeiras e saltou-lhe no lombo.

Foi uma luta tremenda. Criado em liberdade, o cavalo tentou com saltos e corcoveios desfazer-se do cavaleiro, mas Guilherme manteve-se firmemente agarrado às crinas, com os calcanhares cravados na barriga do animal.

A doma estendeu-se por boa parte da manhã. Quando sentiu que conseguia transmitir sua vontade ao cavalo, e este a obedecia, Guilherme partiu a galope. Cavalgou por toda a tarde. Ao cair da noite, desmontou, acariciou o lombo do animal e murmurou:

– Desculpa, amigo, mas não poderás dormir agora.

O jovem e o cavalo, lado a lado, iluminados pela lua, avançaram por mais algumas horas. Guilherme seguia pensativo. Será que ele conseguiria chegar a tempo?

32
ESPANHÓIS

NO DIA SEGUINTE, antes do nascer do sol, Guilherme apanhou uns favos de mel, que dividiu com o cavalo.

– Tu és muito forte, amigo, mas sozinho não me levarás à aldeia no prazo que me deram. Necessito de um irmão teu.

Depois de duas horas de marcha, Guilherme viu cavalos selvagens matando a sede numa lagoa. Cravou os calcanhares no costado de sua montaria e correu em direção à manada. Aproximou-se em velocidade, com as boleadeiras a girar por cima da cabeça. Os animais fugiram, porém o mais lindo deles, de pelo inteiramente branco, rodou quando suas patas foram envolvidas pelo artefato.

A doma desse segundo cavalo foi bem mais rápida.

Dali em diante, a viagem ganhou velocidade. De tempos em tempos Guilherme trocava de montaria.

Dono de uma memória extraordinária, o rapaz reconhecia morros e matas. Recordava-se especialmente dos pontos onde os tcharros haviam colhido frutas. Assim, alimentou-se. Ganhou confiança quando percebeu que estava fazendo, ao contrário, exatamente o trajeto da ida.

– Amigos, com vocês galopando deste jeito, minha chance de chegar no prazo aumenta.

Ao fim do dia, percebeu ao longe três cavaleiros que vinham na sua direção. Pelos chapéus, só podiam ser espanhóis.

Ao cruzar por eles, Guilherme os saudou com um gesto de mão. Olhando espantado para o poncho de couro que o rapaz usava, um dos homens o interpelou:

– Que roupa estranha é essa, *hombre*?

– É uma longa história – respondeu o rapaz. – Mas infelizmente não posso contá-la agora. Estou com pressa.

Como não gostou da resposta, o espanhol levantou ainda mais a voz:

– Vais para onde?

– Vou à terra dos tcharros.

– Sabes que eles não gostam de brancos?

– Também eu não gosto de certos brancos.

– O que queres dizer com isso? – o espanhol movimentou-se na sela. – Estás insinuando que não gostas de nós?

– Eu não os conheço – respondeu Guilherme. – Portanto, não posso nem gostar nem desgostar dos senhores.

– Tu és um moleque muito petulante! – exclamou o mais alto e forte dos homens, saltando da sela para o chão. – Desce agora do teu cavalo que vou dar-te umas palmadas no traseiro para que respeites três honrados cavalheiros espanhóis.

– Não vou desmontar porque estou com pressa. E também não necessito de palmadas para aprender a me comportar.

A passos largos, o grandalhão se aproximou de Guilherme, fechou a mão e ameaçou:

– Se não desceres, eu mandarei teu cavalo para outro mundo com um murro na cabeça.

Guilherme compreendeu que não conseguiria seguir adiante se não enfrentasse aquele homem. Respirou fundo. Moveu o corpo para a frente, como se fosse desmontar, mas aproveitou aquele gesto para voar sobre o grandalhão. Deu-lhe uma joelhada na testa que o jogou estatelado ao chão.

De imediato, os dois outros espanhóis sacaram suas espadas e desmontaram. Guilherme empunhou sua tosca espada de bambu ao mesmo tempo que se agachava e pegava um punhado de terra, que lançou nos olhos do primeiro adversário que se aproximou. Quando o homem levou a mão esquerda ao rosto, o rapaz tomou-lhe a espada. E começou a duelar com o terceiro deles.

O que havia levado a joelhada permanecia sentado no chão, zonzo. O que perdera a espada tentava livrar seus olhos da terra.

Como era um grande espadachim, o espanhol achava que venceria Guilherme com facilidade. Mas o duelo se estendia. O homem atacava com golpes rápidos, e o rapaz se defendia com os gestos precisos que lhe ensinara o Taramela.

Guilherme olhou para o céu. Em breve a escuridão desceria sobre a terra. Precisava partir logo.

Recuperado, o grandão preparou-se para entrar na luta. Aproveitando um momento em que Guilherme estava de costas, voou sobre ele. Percebendo aquele movimento, o rapaz deu um passo para o lado e o grandalhão colocou-se na frente da espada de seu próprio companheiro, que lhe deu uma estocada no peito.

– Ai que eu morro – gritou o ferido, enquanto agarrava o amigo pelo pescoço.

– Morres nada! – respondeu o espadachim, tentando livrar-se dele. – Teu ferimento é superficial.

– Já que quase me mataste, eu vou acabar contigo – disse o grandão, e começou a esgoelar o outro.

Aproveitando que os dois haviam entrado em luta corporal, Guilherme deu fortes palmadas nos cavalos deles. Assustados, os animais dispararam.

– O que está acontecendo? – gritou o que ainda esfregava os olhos. – Vocês já mataram o moleque?

Guilherme montou e partiu a toda, levando junto seu cavalo de reserva.

– Não fuja, covarde! – gritou o grandalhão, soltando o espadachim, que havia desmaiado.

– Se eu sou covarde, o que são vocês três, que atacaram um rapaz sozinho?

33
CERIMÔNIA

ANTES DE SURGIR a primeira luz do sexto dia, Guilherme chegou à aldeia dos tcharros. Não desceu do cavalo: simplesmente caiu desmaiado junto à primeira cabana. Mas ainda teve tempo de ver um vulto feminino que se aproximava correndo.

– Eu sabia que tu voltarias – disse Ajataí.

Foram as últimas palavras que ele ouviu antes de mergulhar num sono profundo. Dormiu durante todo o dia. E atravessou, dormindo também, a noite seguinte. Quando despertou, percebeu que estava deitado na tenda do cacique, que era a maior da aldeia. A seu lado, sorrindo, estava Ajataí. Deram-se as mãos.

Pouco depois Braoré entrou na cabana e falou a Guilherme:

– Não terás muito tempo para te recuperar. Partimos amanhã para um grande combate.

– Lutaremos contra quem? – perguntou o rapaz, preocupado.

– Contra os portugueses. Eles estão preparando um grande ataque às aldeias dos guaranis. Querem escravizar os índios educados pelos jesuítas.

– Lutarei pelos meus irmãos guaranis.

– Irás na linha da frente – disse o cacique.

Depois de uns segundos em silêncio, Ajataí voltou os olhos para Braoré:

– Pai, ainda não falaste o mais importante!

O cacique colocou a mão no ombro de Guilherme:

– Na nossa tribo, é tradição as mulheres escolherem os homens que querem para marido. Mas elas precisam obter a permissão do cacique. Ajataí me disse que quer ser tua companheira para sempre. Eu aceitei. E tu, o que tens a dizer?

Guilherme abriu um largo sorriso:

– Não preciso falar. A resposta está no meu rosto.

– A cerimônia de casamento será realizada após a batalha – concluiu o cacique.

34
BATALHA

NO DIA SEGUINTE, ao romper da aurora, os tcharros partiram. Eram mais de mil cavaleiros empunhando suas armas. Além dos arcos e das aljavas com flechas, que levavam atravessados no peito, empunhavam tacapes, lanças e boleadeiras. À frente, seguia Braoré, ladeado por Guilherme.

Cavalgaram durante todo o dia até que penetraram em uma mata cerrada. Desmontaram e seguiram avançando por muito tempo pelas trilhas entre as árvores. Quando desceu a escuridão, amarraram seus cavalos. Sem fazer uma só fogueira, famintos e enregelados, eles se deitaram sobre o solo úmido e adormeceram. O silêncio era total. Alguém que passasse por perto não diria que um só homem estava escondido por ali.

Quando surgiram as primeiras luzes, os tcharros já estavam de pé, ao lado de seus cavalos, imóveis, em silêncio. Os únicos sons que se ouviam eram os piados dos pássaros e o coaxar dos sapos numa lagoa próxima.

Guilherme pôde ver então que estavam parados na orla de uma mata. Além das árvores que eles tinham pela frente, estendia-se uma planície interminável.

De repente, escutou-se um ruído surdo, vindo de longe, ainda fraco, mas que foi crescendo gradualmente. O cacique fez um ligeiro movimento com a cabeça. Guilherme olhou na direção apontada por ele e viu, então, algo que parecia ser uma mancha escura tomando todo o horizonte.

Não demorou a compreender que eram milhares de soldados portugueses, que avançavam lentamente. Pouco depois, conseguiu ver, exatamente no meio da linha de frente, a carroça que transportava o canhão.

De repente, o cacique ergueu o braço direito e fez com ele um gesto circular. Era a ordem para montar. Todos obedeceram imediatamente.

Em voz baixa, apontando para o canhão, Braoré disse a Guilherme:

– Vais atacar a arma que produz trovões. Meus melhores guerreiros seguirão contigo. Se conseguires calar aquela grande boca, talvez os tcharros possam vencer esta batalha.

– Permaneça escondido aqui com os guerreiros – disse Guilherme. – Só apareçam quando os portugueses começarem a debandar.

Encarando Guilherme, o cacique ficou pensativo por um momento. "Ou este jovem é muito arrogante", pensou, "ou é muito inteligente e já tem uma estratégia para derrotar os portugueses."

– Está bem – concordou Braoré. – Esperarei aqui o momento certo para atacar.

35
O DIABO DOS ÍNDIOS

GUILHERME SAIU DO MATO rumo à planície acompanhado pelos cinquenta mais fortes e corajosos cavaleiros tcharros.

Assim que viram os índios, as tropas portuguesas pararam. O comandante ergueu o binóculo e disse aos que o cercavam:

– Oh, raios, que estranho! À frente dos índios há um homem que parece branco, mas que tem a cabeleira de uma cor esquisita...

– Nosso canhão não atenta para a cor dos cabelos dos homens que mata – disse o subcomandante. – Posso testar a pontaria dos nossos atiradores?

– Sim. Ordena que disparem!

O subcomandante virou-se para o major que dirigia a guarnição do canhão e ordenou:

– Fogo no inimigo!

Um soldado pôs fogo à bucha e pouco depois foi dado o disparo.

Guilherme, que em Itapeju lera um livro sobre o funcionamento dos canhões, gritou:

– Venham comigo!

Com um movimento brusco, ele tocou seu cavalo para a esquerda, no que foi seguido pelos cavaleiros.

O projétil caiu exatamente onde eles haviam estado um segundo antes. Guilherme calculara com precisão o tempo que a bala levaria para alcançar aquele ponto.

Os índios encararam a façanha como um verdadeiro milagre do Guerreiro dos Cabelos de Fogo. Desde que correra pela aldeia dos tcharros a história das vitórias sobre as serpentes e o leão-baio, Guilherme era olhado com admiração.

O rapaz voltou-se então para os guerreiros que estavam a seu lado e em voz baixa deu instruções detalhadas sobre como agir no ataque ao canhão. Pouco depois, ao ver a chama do segundo disparo, mais uma vez gritou:

– Venham comigo!

E comandou seus homens num movimento para a direita.

Mentalmente, ele já havia estabelecido o exato intervalo entre a fumaça do disparo e a chegada do projétil ao lugar onde se achavam.

E mais uma vez escaparam do tiro do canhão.

Virando-se para os guerreiros espantados, Guilherme gritou:

– Agora, vamos correr em direção ao canhão. Quando eu levantar o braço, sigam-me.

Os tcharros saíram em disparada.

Quando já tinham percorrido mais da metade da distância que os separava dos portugueses, Guilherme ergueu o braço e levou o cavalo para a direita. Os guerreiros o imitaram, e isso os salvou do terceiro tiro, que veio rasante.

Boquiabertos com aquelas manobras, os portugueses não conseguiram reagir quando Guilherme e seus companheiros chegaram à carroça que transportava o canhão.

O Guerreiro dos Cabelos de Fogo havia preparado uma manobra arrojada. Os três índios que cavalgavam ao lado dele foram os primeiros a alcançar a carroça. Um deles saltou para a boleia e tomou as rédeas, enquanto os outros dois pulavam no lombo dos cavalos que puxavam a fila dos animais que rebocavam a carroça. Juntos, os três tcharros fizeram com que os animais se movessem para a direita. Então, usando a tocha que os artilheiros haviam abandonado ao lado da carroça, Guilherme ateou fogo no pavio.

Seguiu-se uma formidável explosão.

Incontáveis soldados portugueses e animais foram jogados para o alto.

O quarto disparo havia atingido em cheio a tropa portuguesa.

Começou o caos. Largando suas armas, os soldados corriam em todas as direções enquanto os oficiais, aos gritos, tentavam controlá-los.

– Ele é o diabo dos índios! – gritou um soldado, apontando para Guilherme. – O diabo em pessoa está nos atacando!

Aquelas palavras aceleraram ainda mais a debandada.

36
NASCENTE

DEVIDO À CONFUSÃO, os portugueses demoraram a perceber que os guerreiros comandados por Braoré estavam saindo da mata e partindo velozmente para o combate.

– Recompor as linhas! – gritou o comandante português ao ver os cavaleiros de Braoré. – Preparar para o combate corpo a corpo!

Os gritos de outros oficiais conseguiram pôr um pouco de ordem nas tropas portuguesas, que logo se viram atacadas pelos tcharros.

Começou então um combate terrível. Montados pelo flanco de seus cavalos, os índios eram um alvo difícil de ser atingido. Dando golpes com suas lanças ou com seus tacapes, eles feriam os soldados posicionados na linha de frente. Atacavam e recuavam. E atacavam mais uma vez. Por muitas horas os dois lados combateram com ardor. Embora mais numerosos, os portugueses saíram em desvantagem por terem sido atacados quando estavam em pânico.

Num determinado momento, sentindo que os mortos e feridos eram numerosos, os dois comandantes, ao mesmo tempo, ordenaram a retirada.

Pouco depois, emissários do general português e do cacique Braoré fizeram um pacto para que os feridos fossem retirados do campo de batalha.

– Procurem o Guerreiro dos Cabelos de Fogo! – disse o cacique aos seus homens que vistoriariam o local da luta.

Depois de uma busca criteriosa, os homens informaram a Braoré que Guilherme não fora localizado, nem morto nem ferido.

O cacique disse então a um guerreiro que sabia falar português:

– Vai até o comandante português e diz a ele que me devolva o Guerreiro dos Cabelos de Fogo, que ele deve ter aprisionado. Dize a ele que me devolva o rapaz, que eu já considero como um filho meu.

TRÊS CAVALEIROS

Rei Artur, Thomas Malory
Ivanhoé, Walter Scott
O Guerreiro dos Cabelos de Fogo, Lourenço Cazarré

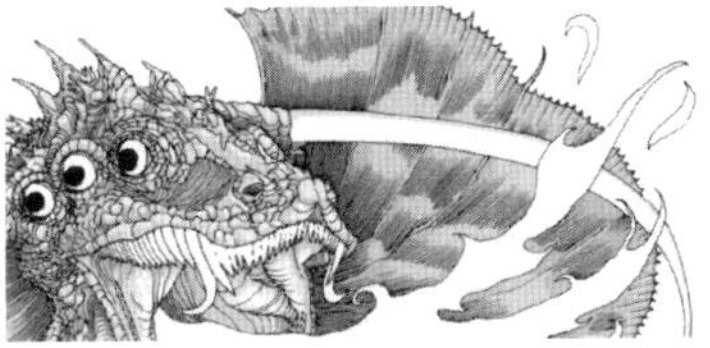

SUPLEMENTO DE LEITURA

Nas histórias de *Três cavaleiros*, as personagens enfrentam batalhas e arriscam a vida por seus ideais e paixões, em aventuras inspiradas em fatos reais. Em *Rei Artur*, acompanhamos os imortais cavaleiros da Távola Redonda em histórias de honra, amor, intrigas, magia e, sobretudo, amizade e lealdade. Em *Ivanhoé*, as lutas entre normandos e saxões na Inglaterra do século XII são o pano de fundo para os embates protagonizados por Ivanhoé, Ricardo Coração de Leão, Robin Hood e muitos outros. Já *O Guerreiro dos Cabelos de Fogo* se desenrola no Rio Grande do Sul, na época em que portugueses e espanhóis disputavam essa região do Brasil. O personagem principal, Guilherme, é só um garoto, mas é obrigado a enfrentar os cauababás, temíveis indígenas da região.

Atual Editora

POR DENTRO DOS TEXTOS
Enredos

1 O ideal da cavalaria surge na Idade Média. A literatura dessa época enaltece a coragem, a honestidade, a honra e a ideia do "amor cortês". Identifique como esses ideais aparecem em *Rei Artur* e em *Ivanhoé*.

___

___

___

___

___

2 Apesar de Ivanhoé dar nome à história, sua ação na trama é limitada, por estar ferido desde o início. Por que, mesmo assim, ele é o herói?

3 O que motiva Guilherme a viajar com o padre jesuíta Antônio Seppmayer para o Novo Mundo?

4 Muitos mitos, lendas e contos de fadas exploram as tarefas consideradas impossíveis. O herói é obrigado a realizar um feito sobre-humano, por motivos diversos. Um exemplo clássico é a história dos Doze Trabalhos de Hércules. Frequentemente, quem impõe as tarefas quer apenas se livrar do herói, que precisa de toda sua inteligência para vencer os desafios. É possível relacionar *O Guerreiro dos Cabelos de Fogo* com esse recurso narrativo?

Focos narrativos

5 Uma história pode ser contada de muitas maneiras. Um narrador conta uma história a partir de um ponto de vista, pelo qual revela o que sabe so-

10 Em *Ivanhoé*, várias personagens lançam mão de disfarces para proteger a identidade. Ivanhoé aparece como um viajante e como o Cavaleiro Deserdado, Ricardo Coração de Leão aparece como o Cavaleiro Negro, Wamba interpreta um padre, e Robin Hood utiliza diversos disfarces no decorrer da trama.

a) Na sua opinião, para que serve o uso de disfarces na história?

___

___

___

b) O uso de disfarces é muito explorado em *Ivanhoé*: o leitor começa a questionar a identidade de todos as personagens que aparecem na história. Considerando o pano de fundo da trama, isto é, a hostilidade entre normandos e saxões, imagine por que Walter Scott inseriu tantos disfarces na narrativa.

___

___

___

___

___

LINGUAGENS

11 Em *Ivanhoé*, encontramos a Inglaterra dividida e com problemas políticos agravados pela ausência do rei Ricardo, que pertence à linha real normanda. Na história, saxões e normandos se recusam a falar a língua uns dos outros. Esse comportamento reflete as divergências que tomavam conta da nação inglesa naquela época. Em sua opinião, qual é a importância da língua para um país?

___

___

___

___

___

12 Taramela, personagem de O *Guerreiro dos Cabelos de Fogo*, tem um linguajar característico. Leia a seguinte passagem em que Guilherme relembra uma de suas frases:

– Nem mesmo o demônio aguenta uma bela paulada na canela. Escuta aqui, miúdo: se um dia aparecer-te o diabo, dá-lhe logo meia dúzia de cacetadas no lombo que ele se apressará em retornar ao inferno. (p. 100)

a) Pela linguagem, podemos deduzir a nacionalidade de Taramela. Qual é ela?

____

b) Aponte algumas particularidades da fala da personagem que caracterizam sua nacionalidade.

____

____

PRODUÇÃO DE TEXTOS

13 Nas três histórias, encontramos referências a episódios históricos. Em grupo, escolha uma das narrativas e faça uma pesquisa sobre fatos e personagens reais aos quais ela se refere. Em seguida, escreva um texto explicativo com as informações que encontrar. Para esta atividade, você poderá consultar livros de História, enciclopédias, *sites* e revistas. Os professores de História e de Geografia poderão ser convidados a participar também. Depois, leia o seu texto para a classe.

ATIVIDADES COMPLEMENTARES

(Sugestões para Língua Portuguesa, Literatura, História e Geografia)

14 Em *O Guerreiro de Cabelos de Fogo* encontramos uma passagem na qual Braoré, cacique dos tcharros, fala à tribo dos cauababás:

– Prestem atenção no que vou dizer, cauababás! No tempo antigo vivíamos em guerra entre nós, mas usávamos armas que todos sabiam manusear: lanças, tacapes e flechas. Hoje, os guerreiros brancos têm armas que matam à distância. Suas espingardas lançam pequenas flechas invisíveis, flechas sem corpo, flechas que só têm uma ponta de ferro. Eles também têm armas de bocas imensas que atroam como o mais terrível dos trovões. E sabem que todos nós temos muito medo dos trovões, que são os gritos dos deuses contrariados com nossos erros e maldades. Vocês, cauababás, costumam se aliar aos portugueses para lutar contra os espanhóis. Prestem atenção: o que vocês não sabem é que os portugueses querem o mesmo que os espanhóis: nossas terras, nossos rios, nossas florestas. Embora falem línguas diferentes, eles são mais iguais do que vocês imaginam. Um dia eles se unirão contra nós. Agora, voltem para a aldeia de vocês! (p. 115)

Em grupo, discuta esse trecho com seus colegas. Em sua opinião, a História comprova as afirmações desse personagem?

15 Em *Rei Artur* encontramos referências à lenda do Santo Graal, cálice procurado pelos cavaleiros da Távola Redonda, símbolo da paz tão deseja-

Rei Artur:

____

____

Ivanhoé:

____

____

O Guerreiro dos Cabelos de Fogo:

____

____

8 Cite algumas características das personagens a seguir.

Rei Artur: ____

Merlin: ____

Ivanhoé: ____

Ricardo Coração de Leão: ____

Príncipe João: ____

Rebeca: ____

Padre Antônio: ____

Guilherme: ____

Ajataí: ____

9 As três histórias são protagonizadas por heróis do sexo masculino, mas as personagens femininas muitas vezes estão no centro das disputas dos cavaleiros. Destaque uma personagem feminina de cada história e cite sua importância na trama.

____

____

____

____

____

bre o que acontece na narração. As três histórias do livro são contadas em terceira pessoa, por um narrador onisciente, isto é, que conhece tudo sobre a história, as personagens e seus sentimentos.

a) Imagine que uma das histórias fosse escrita por um narrador-personagem, ou seja, em primeira pessoa. Escolha uma personagem e reescreva um trecho dessa história como se estivesse sendo narrada por ela.

____

____

____

____

____

b) Que diferenças você observa em relação ao texto, ao mudar o narrador?

____

____

____

____

Tempos e espaços

6 As histórias de *Três cavaleiros* se desenvolvem em épocas e lugares distintos. Complete o quadro, indicando o tempo (época) e o espaço de cada uma das narrativas.

Narrativa	Tempo	Espaço
Rei Artur		
Ivanhoé		
O Guerreiro dos Cabelos de Fogo		

Personagens

7 Nas histórias do livro encontramos *protagonistas*, aqueles que desempenham papel principal na narrativa e em torno dos quais a trama é construída, e *antagonistas*, personagens com quem o protagonista se defronta. Quem são os protagonistas e os antagonistas nas histórias lidas?

da por todos. Em grupo, faça uma pesquisa sobre a lenda do Graal e depois compartilhe suas descobertas com a classe.

16 Nas três histórias, encontramos povos que tinham reis, rainhas, príncipes e princesas. Pesquise alguns países que ainda hoje vivem sob regimes monárquicos. Que papel os reis e rainhas desempenham atualmente?

O guerreiro foi ao general português, que lhe disse:

– Não fizemos um só prisioneiro. Juro isso em nome do nosso Deus.

Ao cair da noite, Braoré comandou a cavalgada de seus homens de volta às terras que ocupavam havia séculos. Pensativo, o cacique refletia. Embora não tivesse derrotado claramente os portugueses, podia considerar-se o vencedor. Perdera muitos homens na batalha, mas conseguira retardar o ataque dos portugueses às missões onde viviam os guaranis. Uma questão o inquietava: para onde teria ido o Guerreiro dos Cabelos de Fogo? Em certo momento pensou que, ao fim do combate, sem que ninguém notasse, ele teria voltado à aldeia a fim de ver Ajataí. Esse pensamento o consolou.

Ao chegar à aldeia, esperava-o uma notícia surpreendente.

Uma índia idosa se aproximou dele e disse, preocupada:

– Cacique, tua filha foi vista deixando a aldeia de manhã cedo. Cavalgou rumo ao nascente. Mas não voltou até agora.

– E o Guerreiro dos Cabelos de Fogo? Tu o viste por aqui?

– Não – respondeu a mulher.

37
PAZ

DEPOIS DAQUELE DIA nem Guilherme nem Ajataí nunca mais foram vistos.

Restou o mistério. Para onde foram eles?

Até hoje ninguém sabe.

Segundo as anotações do comandante das tropas portuguesas, o Guerreiro dos Cabelos de Fogo simplesmente desapareceu pouco depois de ter realizado aquela incrível manobra com o canhão.

Um fato concreto é que seu corpo não foi encontrado entre as centenas de mortos que cobriam o chão ensanguentado.

Os poucos tcharros que sobreviveram ao combate garantiram ao padre Juán de Santa Cruz – que os visitou em 1725, em sua última aldeia – que não resgataram o corpo de seu mais jovem guerreiro.

O pajé da época, Xeteno, disse ao jesuíta espanhol que Guilherme deixou o campo de batalha e se dirigiu ao rio Ibiravuitá para se reunir a Ajataí, que o esperava justamente no local onde ele, pouco antes, havia passado a noite. E que dali, de mãos dadas, eles foram levados pelos deuses dos tcharros para uma terra onde não existem guerra ou morte, só paz e amor.